断罪されそうな「悪役令嬢」ですが、幼馴染が全てのフラグをへし折っていきました

JN098741

Haku Sakura
佐倉百

Illustration:Irori Kawai
川井いろり

CONTENTS

断罪されそうな「悪役令嬢」ですが、
幼馴染が全てのフラグを
へし折っていきました

1

きらびやかなドレスをまとった淑女に、上品な振る舞いの紳士。舞踏会に集まった貴族は、華やかな夜を過ごしていた。

笑顔の下に打算と嘘《うそ》を隠し、互いの足を引っ張りあう。

もしくは部屋の隅で目立たぬよう、仲間と時間を潰す。

目的は違えど、『欠席することは望ましくない』という一点のみ共通している。

表向きの理由は、王妃主催の夜会――外国に留学していた第二王子が帰国し、初めて皆に紹介される日だからだ。

本音は第一王子アロルドと二人の令嬢を見るため。

社交界に降ってわいた愛憎劇を間近で見物しようと、好奇心に駆り立てられて集まっているのだ。

ホールの入り口に小さなざわめきが起きた。声につられて視線を向けた人々は、そこに噂《うわさ》の公爵令嬢の姿を見た。

淡いクリーム色の髪に水色の瞳の才女、フランチェスカ。家の力を使って他の令嬢を脅し、アロルドの婚約者の座を奪い取ったと噂されている。藍色のドレス姿の彼女は、たった一人で会場に現れた。

本来なら女性が一人で夜会に来ることはない。既婚ならば夫が。未婚なら家族、又は婚約者が。必ず男性が連れてくることが当たり前だった。

フランチェスカが歩くたびに人垣が割れ、静かになっていく。薄く微笑《ほほえ》む令嬢に、周囲の者は誰も話しかけることができなかった。笑っているはずなのに、感情が見えない。人形のような造られた美しさが、招待客を拒絶して寄せつけなかった。

婚約者であるはずのアロルドに放置されるという侮辱に対し、彼女が何を考えているのか知る者はいない。

問題のアロルドはといえば、会場の一角で側近と共に座っているだけだ。彼の隣にいるのは、もう一人の噂の令嬢、エミリアだった。男爵令嬢という身分であるにもかかわらず、大胆にもアロルドに接近し、真実の愛を育んでいるという。

明るい茶色の髪に青色の瞳を持つエミリアは、よく笑う可愛《かわい》らしい令嬢だった。純粋さを持ったまま大人になろうとしているところがあり、それが男性の庇護《ひご》欲を掻《か》き立てる。

才能はあっても無愛想で悪女と囁《ささや》かれるフランチェスカ。

愛らしく素直なエミリア。

アロルドがエミリアに惹《ひ》かれるのも無理はないと、擁護する声もある。

フランチェスカは婚約者の姿を見つけ、そっと扇子で口元を覆った。近くにいた者は落胆した表情に気が付いたが、後で婚約者に苦情の手紙でも送るのだろうと解釈した。ことあるごとに小言を伝えたせいで、王子の心が離れていったのだ。あれは自ら愛情を枯渇させた愚か者だと、流れている噂をもとに勝手な評価を下す。

静まりつつあったホールにダンスの曲が流れた。フランチェスカの登場を見守っていた貴族たちは、それぞれの相手と共に中央へ移動してゆく。

アロルドとフランチェスカの婚約が白紙になる日は近い。政治のために結婚するのが貴族ではあるが、こうも性格が合わないと、その後の政治にも支障をきたすだろう。

「フランチェスカ様はどうされるのかしら」

「公爵令嬢ともあろう方が、まさか壁を彩るために来るなんて」

華やかな音楽に溶け込まない忍び笑いが、どこからともなく聞こえる。エミリアと懇意にしている令嬢たちだった。

「いえいえ、もしかしたら誰かが憐れんでダンスに誘ってくださるかも」

「まさか！　だって相手はアロルド様の婚約者でしょう？　性格も悪いと噂ですし、憐れんでくださった方に罵声を浴びせるのでは……」

いつの間に近づいたのか、仮面をつけた男がフランチェスカを誘っていた。初めこそ驚いていたフランチェスカだったが、どこか安心した顔で男の手をとる。

「いったい、どなたなの……？」

「わかりませんわ。せめて仮面を取ってくださらないと」

「王妃様が主催する夜会に、あのような醜いものをつけてくるなんて！」

「どうせ仮面の下の顔に自信がないのよ」

「汚い傷を見せないように気を遣ってくださったのよ。心がけは評価して差し上げないとね」

仮面の男は優雅にフランチェスカをリードしていた。その慣れた振る舞いから、貴族であることは間違いないのだろう。だが噂をしていた令嬢たちには、該当する者の名前が出てこなかった。

二人は付き合いが長いのか、息の合ったダンスをしていた。次第にフランチェスカの表情が柔らかくなっていく。婚約のお披露目として、彼女がアロルドと踊っていた時のような、ぎこちない動きとは全く違う。

二人のダンスは、いつしか周囲を魅了し始めていた。強制されたわけでもなく場所を譲り、足を止めて鑑賞する者が増えていく。

エミリアと談笑していたはずのアロルドも、信じられないといった顔で見つめていた。一人で訪れた婚約者に、まさかダンスを申し込む男がいるとは夢にも思っていなかったらしい。だが曲が終わりに近づくと我に返り、不機嫌さを押し殺して二人に近づいていった。

「なんだその男は。フランチェスカ、君は婚約者がいるにもかかわらず、得体の知れない奴《やつ》と踊る女だったのか」

楽しい時間を邪魔された二人は、感情がこもらない瞳でアロルドへ視線を寄越《よこ》した。ダンスを中断して手を離し、フランチェスカはアロルドに向けて軽く膝を折る。相手への敬意ではなく、王族という立場への挨拶ということは、その表情によく現れていた。

アロルドの後ろには、不安そうなエミリアが従っている。いよいよ始まりそうな修羅場を察し、周囲からは好奇の目が集まっていた。

フランチェスカは広げた扇子で口元を隠して、小首を傾《かし》げた。

「あら、私のことですの？」

「ほ、他に誰がいる⁉」

「迎えに来てくださらなかったので、てっきり婚約は解消されたのだと思っておりましたわ。では私は今、浮気現場を目撃していることになりますわね」

すっと目を細めたフランチェスカがエミリアを見た。エミリアは顔を青ざめさせ、両手を胸の前で握る。怯《おび》えた彼女を守るように、アロルドはフランチェスカに詰め寄った。

「そんな低俗な言葉で彼女を貶《おとし》めるのは止《や》めてもらおうか」

「低俗な行為をなさっている方を、他にどう言い表すのでしょう？　まさか真実の愛の元には、どのような行為も許されると？」

「真実の愛、か。そうだな。俺はエミリアに出会ってから、互いを尊重して愛することの尊さを知った。義務で婚約した君とは、何もかも違う」

　エミリアの肩を抱き寄せたアロルドは、何かを決意した顔でフランチェスカを睨《にら》んだ。

「君が他の令嬢へ嫌がらせを繰り返し、婚約者の座に収まったことは調べがついている。自らの感情を優先させるような者に、未来の王妃はふさわしくない！　この場で婚約を――」

「貴方にそれを決める権限はないはずですよ」

　アロルドの言葉を遮ったのは、仮面をつけた男のほうだった。ダンスの相手として健全な距離を保っていた仮面の男は、フランチェスカを後ろに下がらせる。アロルドとは対照的な振る舞いに、聴衆は知らず知らずのうちに仮面の男へ好感を持ち始めていた。

「何だ貴様は。その仮面も失礼だろう」

「まだ取ってはいけないと申し付けられております。時が至れば、すぐに」

　王族を前に引かないどころか、貴族として挨拶すらしない。彼の素性について、周囲からは疑惑と憶測が流れ始めていた。

2

「どう考えても変なのよ」

第二王子のお披露目が行われる三ヶ月前、フランチェスカは自宅の応接室で困惑していた。

「昨日の午前中、私はこの屋敷でダンスの成果を披露していたの。それなのに聖ベルナルド教会に出没した私は、子爵令嬢のドレスを踏んで泣かせたらしいわ。午後は平民に無理難題を押し付けて、懲罰と称して冷水をかけたそうよ」

己の不名誉な噂がまとめられた書類をテーブルに置き、フランチェスカが続ける。

「ダンスを見ていたのは使用人だけじゃないわ。休暇中だったお兄様が私をからかいに来ていたし、もちろんダンスの先生も」

「ダンスの相手をしていた俺も、もちろん知っている」

だらしなくソファに寝転んでいた青年が起き上がった。襟元を緩め、昼寝から起きたばかりの気だるげな態度でフランチェスカを見上げる。栗色の髪がさらりと揺れ、濃い緑色の瞳が露《あら》わになった。

「ようやく俺の足を踏まなくなったから、よく覚えているよ」

「エル、それは言わないでって言ったでしょ⁉」

慌てて口止めをしてくるフランチェスカに、エルと呼ばれた青年は微笑んだ。黙っていれば近寄り難いほど整った顔をしているのに、口を開けば出てくるのは彼女をからかう言葉ばかり。馬鹿にしているわけではなく、ただ面白がっているだけなので、フランチェスカは本気で嫌だと感じたことはなかった。

「他にもあるのよ。二週間前に参加した文学サロンで、下位貴族の令嬢を『下賤《げせん》の娘』と言って追い出したとか。義理で参加したお茶会では、招待してくれた令嬢に『地味なお茶会で退屈だわ』と馬鹿にしたとかね。そんな話が不定期に流れているらしいの」

まるでフランチェスカの悪行を人々の記憶に刻んでいるようだった。根拠のない噂だったと忘れられるよりも早く、新たな話題が湧いて出てくる。ゴシップ好きな人々を面白がらせ、検証する暇を与えないまま事実だと錯覚させるように。

「過激な話題ほど食いつきがいいからな。で、本当に言ったのか？」

「言うわけないでしょ」

わかりきったことをあえて尋ねてくるエルに、フランチェスカは即答した。

いくら相手の家格が下だからといって、大勢の前で侮辱するわけがない。公爵家の令嬢として受けた教育と、アロルドの婚約者として評価される立場から、言動には常に気を遣っている。

「噂が流れる数ヶ月前から、社交界にはあまり出ていないの。王太子妃向けの教育が最終段階に入ったって言ったでしょう？」

第二王子のお披露目が終わったら、フランチェスカは婚約者のアロルドと共に外国の要人と交流するよう勧められている。王太子妃となって急に諸外国と外交を行うよりは、さほど責任を求められない婚約者のうちに慣れておけという、国王の気遣いだそうだ。

外国語だけでなく、向こうの歴史や文化など知っておくべきことは多い。特に要人の名前と役職を間違えるわけにはいかない。王宮でフランチェスカの教育をしてくれている教師たちは、今まで以上に熱心に課題を出してくるようになった。

「自分の教養を磨いて、よその家と良好な関係を築くことで精一杯なのに。嫌がらせのために外出する時間なんてないの。息抜きに文学サロンには顔を出したけれど、噂に該当するお茶会に出かけた記憶はないわ」

「文学サロン？」

「ストルキオ侯爵夫人のサロンよ。古典文学から最近の流行小説まで、とにかく本の話題を楽しみたい人向けに開かれているの。私が参加した時は、人気の戯曲を本にまとめたものが話題だったわ」

「……ああ、聞いたことがあるな。本が好きな女性なら身分を問わないと仰った夫人だろう？　本を買う金がない者には貸し出して、字が読めない者には読み書きを教える変わり者とか言われてるらしいが」

　貴族の間では同好の士を集めたサロンが人気だった。茶会ほど格式張ったものではなく、一つの話題で好きなだけ語りあう。フランチェスカが誘われて参加したサロンもまた、そのうちの一つだった。

「それで？　身に覚えのない噂を流されたヴィドー家令嬢フランチェスカは、このまま泣き寝入りするつもりか？」

「まさか！　犯人を明らかにして噂を訂正……しようと思って調べたけれど、出所が摑《つか》めないの」

「へぇ。積極的だな」

　フランチェスカの手から調書を取り上げ、エルは目を通していく。眺めているだけに見えて、ちゃんと読んでいることは付き合いが長いフランチェスカには分かっていた。

「俺の周囲にも面白い話が流れてきていてね。第一王子の婚約者が他の令嬢に圧力をかけて、候補者から辞退させたと」

「私はそんなことしない！」

　身に覚えのない非道に、フランチェスカは声を荒げた。

自分が第一王子の婚約者になった経緯は、非常に政治的な理由だと聞いている。そこにフランチェスカの意思はない。まだ社交界も知らないほど幼い頃、一方的に婚約者が決まったと教えられたのだ。フランチェスカは自分の他に誰が候補者だったのかも知らない。

「誰かの恨みを買った覚えは？」

「ないわ」

第一王子のアロルドは次の王位に最も近い。このまま順調にいけば王妃となるフランチェスカは、誰よりも優れた女性であることを求められていた。未来の王妃が平凡では困ると、いつも監視されているようで気が抜けない。

「……だからか」

「え？」

エルは何も言わずに調書を返してきた。

「噂に踊らされているのは、下位貴族ばかり。フランと仲がいい家は、そんなことは気にしていないようだ。良かったな」

「良くないわよ。ありもしない話で知らない間に悪役になってるなんて」

フランチェスカが詰め寄ろうとしたとき、応接室に兄のリベリオが入ってきた。両親を不慮の事故で亡くして十代でヴィドー公爵家当主となったリベリオは、聡明《そうめい》で思慮深い自慢の兄だった。

いつも通りの光景に、リベリオの頬が緩む。

「エル、あまり妹をいじめないでやってくれないか」

「申し訳ないが、これが俺の趣味でね」

「悪趣味って言うのよ、それは」

フランチェスカが抗議しても、エルはいつも通り聞き流した。

「僕の用事は終わった。待たせたね」

「なんだ、もっと遅くなっても良かったのに」

エルは不満そうだ。表情がすぐに変わるエルは、自由な猫のようで少し羨ましかった。

彼は兄の古くからの親友だ。いつもふらりと兄に会いにきて、暇だからと屋敷の中で自由に過ごしている。フランチェスカとはリベリオが手を離せない時に話し相手になったことから、交流が始まっていた。出会ったのが幼い頃だったせいか、男女の仲に発展することなく幼馴染《おさななじみ》のまま距離を保っている。

「フラン。こいつの相手をしてくれてありがとう」

「いつものことですから」

応接室を出ていく二人を見送り、フランチェスカは楽しい時間が終わったことを残念に思った。

また『令嬢として大切なこと』を学ぶ日々が戻ってくる。貴族に必要な教養を身につけるため、自由になれる時間は少ない。アロルドと結婚しても、似たような生活が続くのだろう。

「お嬢様、手紙が届いております」

暗い気持ちになりかけたフランチェスカに使用人の一人が手紙を差し出してきた。礼を言って受け取り、差出人を見ると、封蠟《ふうろう》にアロルドを示す印がついている。

すぐに自室に帰って封を開けたフランチェスカは、更に心が沈んでいくのを感じていた。

「……また、ですか」

アロルドの筆跡で書かれていたのは、簡単な挨拶と急な用事で会えなくなったことへの謝罪の言葉のみ。フランチェスカを気遣う言葉は一言もない。

久しぶりに会えると心待ちにしていた日が、たった一通の手紙で消えてしまった。

急な用事とは、第一王子としての業務なのか、それとも噂の一つを裏付ける類《たぐ》いのものか。

フランチェスカの頭の中に、文学サロンで出会った少女のことが浮かんできた。同時に友人の令嬢が気をつけろと警告してくれたことも。

嫌な考えを振り払うように、フランチェスカは手紙を乱雑に引き出しの中に入れた。

3

フランチェスカがその令嬢に会ったのは、ストルキオ侯爵夫人が開いた文学サロンだった。亡き母の親友でもある夫人は、忘れ形見のフランチェスカのことを気にかけてくれ、ときどき息抜きのために自身のサロンに誘ってくれる。

茶会ほどマナーを要求されず、夫人のサロンに参加できるのは女性のみ。飲み物や軽食を提供する使用人もまた、夫人が抱えるメイドばかり。アロルド以外の異性との醜聞を避けたいフランチェスカにとって、気楽に参加できるものだった。

兄であり保護者でもあるリベリオは、知人のサロンということもあり、快く出かけることを許可してくれた。

到着したサロンでは、すでに友人たちが集まっていた。主催者の夫人に挨拶をしてから近づくと、いつも通り温かく迎え入れてくれる。

話題になっていたのは、彼女たちの間で流行している戯曲本だった。古典作品なら教養として知っているが、最新のものは読む時間がなくて話の半分もついていけない。だが楽しそうに話す友人たちに囲まれているうちに、フランチェスカの気分も解《ほぐ》れていく。

そんなフランチェスカの背後から、明るい声がかけられた。

「フランチェスカ様ですよね？」

あまりにも親しげに話しかけられたものだから、知り合いだろうかと振り返った。思い出す時間を稼ぐために、フランチェスカはゆっくりと微笑む。

「ええ。あなたは……どこかでお会いしたことがあったかしら？」

令嬢に話しかけながら記憶を探ったが、目の前にいる少女に見覚えはない。身につけているドレスで、すぐに下位貴族だろうと見当がついただけだ。サロンに参加していることから、彼女もどこかの貴族令嬢には違いない。

フランチェスカの周囲にいた友人たちは、唐突に現れた少女に対し冷ややかな目を向けている。ところが彼女は周囲の視線などまったく気がつかないのか、温かみのある青色の瞳を輝かせ、人懐っこい笑顔になった。

「いいえ。あの、会うのは初めてなんですけど、ずっと会ってみたいなって思ってたんです。みんなが、フランチェスカ様の礼儀作法は完璧だから見習いなさいって言うから、ちょっと興味があって」

「そう。光栄なことね」

他の令嬢の手本となれることは素直に喜ばしい。だが人伝《ひとづて》に聞いた評価を、いちいち鵜呑《うの》みにしていては貴族失格だ。半分は誇張だと思っておかないと、足元を掬《すく》われる。

言葉は人の間を流れるうちに歪《ゆが》んでいく——兄がよく言っていることだった。

「ねえ、急に会話に割り込まれると驚くじゃない」

隣に座っていた親友が、やんわりと令嬢を窘《たしな》めた。

公爵家のフランチェスカが直接、下位貴族の令嬢に言えば角が立つ。空気が悪くならないよう嫌われ役を引き受けてくれた友人に、心の中で感謝した。

「順番は守ってくださる?」

「で、でも私、今日ぐらいしか会える時がなくて——」

令嬢はなかなか引こうとしない。潤んだ瞳で両手を胸の前で組む仕草は、男性の庇護欲をそそるに違いなかった。

もし彼女がすぐに自分の非を認めて謝罪したなら、フランチェスカや友人たちは失態を忘れるつもりでいた。ここは正式な茶会ではないし、好きな話題で語り合う場だ。改めて彼女の名を聞いてから話の輪に誘おうとしたのだが、食い下がられたことで難しくなった。

彼女も貴族の一員なら、こうした場での振る舞いを身につけているはずなのに。

「申し訳ございません、みなさま」

令嬢とは思えない彼女に戸惑っていると、サロンの主である侯爵夫人が現れ、令嬢の腕を軽く引いて黙らせた。優雅に微笑んでいる侯爵夫人だったが、目には冷たい光が浮かんでいる。さすがに令嬢も気がついたらしく、助けを求めるようにフランチェスカを見た。

「この者は親戚が礼儀作法を教えている娘です。勉強になればと思い私のサロンに招待しましたが、時期尚早だったようですわ。それとも緊張していたのかしら？」

侯爵夫人の肩越しに、教育係と思われる年配の女性が早足で歩いてくるのが見えた。礼儀作法を教えている親戚だろう。真っ青《まさお》な顔でフランチェスカのところまで来ると、挨拶もそこそこに令嬢の態度を謝罪する。

「この者の未熟さは、全て私の責任です」

「謝罪は必要ありません。教育中の間違いは誰にでもあることです」

「温情に感謝いたします」

教育係は、ほっとした様子で令嬢を連れて引き下がった。そのままサロンを出ていく彼女たちの声が、フランチェスカの耳に届く。

「あなたは……いきなり公爵家の方に話しかけるだなんて！」

「だって、噂よりもずっと素敵な人だったから。それに今日はあまり堅苦しくないサロンなんでしょ？　私が知ってる本の感想を言ってるのが聞こえたし、一緒に楽しめたらいいなって」

「感情で行動するのはやめなさいと、いつも言っているでしょう。淑女としての慎みを――」

令嬢はずいぶんと自由な性格をしているらしい。教育係が何を言っても、天心爛漫《てんしんらんまん》な答えが返ってくる。

「あの子は、どなたなの？」

「コロイア男爵家、エミリア嬢です」

友人の一人が侯爵夫人に尋ねると、つい最近どこかで聞いた家名が出てきた。教師の一人が出してきた課題に、そんな名前の家があったはずだ。

「コロイア……？　聞いたことがないわね」

友人たちは互いに顔を見合わせた。

「外国との貿易で貢献したことで、貴族に叙せられた商人ですわ。息女であるエミリア嬢は生まれが平民ですから、貴族としての作法を勉強している最中なのです」

「そう、大変ね」

フランチェスカの口から、ついそんな感想が漏れた。

貴族の令嬢が生まれた時から時間をかけて覚えていくことを、短期間で習得しろと言われているのだ。必要な知識が書かれた本を目の前に積まれ、短期間で吸収しなければいけない苦痛はよく知っている。エミリアが置かれた状況が己と重なり、他人事とは思えなかった。

侯爵夫人は物憂げに首を振った。

「どのような境遇であれ、幼児のように振る舞うなど許されません。親しい者の間にも礼儀はあるのです。他人なら、なおさら気を遣わないと」

エミリアと教育係の姿はもう見えない。

「時間が許す限り、楽しんでいらしてね」

侯爵夫人はそう言い残し、優雅に去っていった。

「彼女、礼儀を覚える気がないのかしら」

「いくら新興貴族とはいえ、あの子ほど酷《ひど》い令嬢は見たことがないわ」

姿が見えなくなるなり、呆《あき》れたように友人たちが囁いた。

「エミリア、ね。立場を弁《わきま》えずに男性に声をかけている令嬢がいるらしいけれど、彼女のことじゃないかしら」

「不確かなことは口にしないほうがよろしいのでは？」

エミリアの登場によって、話題が本のことから逸《そ》れ始めた。

「フラン」

隣にいた友人に、そっと名を呼ばれる。先ほど、フランチェスカの代わりにエミリアを咎《とが》めてくれた令嬢だ。

「あなた、気をつけなさいな」

「え？」

「とある公爵令嬢が下位貴族を虐《いじ》めているって噂が流れているわよ」

「虐め？　私、最近はあまり外へ出ていないのに？」

「噂を楽しむ人たちには、真実なんて関係ないの。あなたと話している令嬢の顔色が変わったところを見て、勝手に物語を作っていくのよ」

友人――カミラは視線を前に向けたまま、扇で口元を隠した。

「今までもあなたに嫉妬した人が根も葉もない悪口を流していたけれど、今回は少ししつこいわ。あなたのことを知らない下位貴族の令嬢が色めき立つくらいね」

放置していたら悪化する。品行方正な優等生として振る舞うだけでは、対処できないという警告だろう。

「いったい誰が……？」

社交界は足の引っ張り合いとはいえ、根拠のない話を広めてまで陥れようとする者は爪弾《つまはじ》きにされる。そんなリスクを冒してまで、フランチェスカを狙うだろうか。悪評を流されるほど、誰かの恨みを買った覚えはない。

「私も、最近になってようやく耳にしたぐらいよ。私の友人たちにも、それとなく聞いてみるわ」

カミラの家は伯爵家だ。上位、下位、どちらの貴族の夜会に顔を出してもおかしくない立場にある。そんな家で育ったカミラは、社交的で顔が広い。

「ありがとう。私の方でも調べてみるわね」

フランチェスカが礼を言うと、カミラは扇を閉じて微笑んだ。

話題はいつの間にかエミリアのことから、元の戯曲に戻っていた。時間いっぱいまで友人たちとのお喋《しゃべ》りを楽しんだフランチェスカは、屋敷に戻るなりメイドのアンナに出迎えられた。

アンナはフランチェスカ専属のメイドだ。王宮で文官をしているリベリオが、仕事の最中に拾ったと言って、どこかから連れてきた。歳が近く人懐っこい笑顔のアンナとはすぐに仲良くなり、二人きりでいるときは姉妹のように遊ぶこともあった。

部屋に戻って外出用のドレスを脱ぎながら、アンナに話しかけた。

「アンナ。あなたは他家に仲がいいメイドがいると言っていたけれど、町に出た時に会うことはあるの?」

「はい。会うといっても、ちょっと立ち話するだけですよー。休みが合えば一緒に出かけたりもしますけど」

アンナが親しくしているのは、リベリオに雇われる前に働いていた屋敷のメイドだそうだ。使用人同士で会うことは珍しくないそうで、評判が悪い雇い主の話題には特に敏感だという。

「どうせ転職するなら、少しでも条件がいいところに行きたいですからね。そういう意味じゃヴィドー公爵家は人気ですよ。使用人を募集してたら、すぐに知らせてくれって言われてますから」

フランチェスカはメイド同士の情報網があることを確認すると、下位貴族の間で流れている噂について知っているか尋ねてみた。

「噂、ですか。私は知りませんが……時間をいただけるなら、他の子に聞いてみますね！」

「ええ、お願いするわ」

仕事で知ったことを関係者以外に漏らすのは、使用人として失格。雇用主やその家族のことを喋る使用人は少ないだろう。そう思ったフランチェスカは、あまり期待していなかった。

だがアンナは滅多にないフランチェスカからの頼み事に張り切り、短い間でいくつもの『噂』を集めて報告してきたのだ。それを書面に書き留めたフランチェスカは、自分に向けられた悪意の具体的な姿を知った。

4

リベリオは目の前に立っているメイドのアンナに座るよう勧めたが、彼女は勢いよく首を振って拒否した。

「ここにはメイド長はいない。ソファに座ったからって、怒る人はいないよ」

「し、仕事中ですので……」

アンナはリベリオとは目を合わせようとせず、閉められた扉を横目で見た。許されるなら逃げたい——そんな気持ちが表れている。

リベリオが執務室の扉を閉めている時は『重要な仕事の最中だから邪魔をするな』という意思表示。使用人に手を出して弄ぶことはない雇用主の執務室に呼び出されたら、真っ先に思いつくのは『解雇』だろう。

リベリオはアンナを座らせることを諦め、本題に入ることにした。

「呼び出された理由はわかるかな？」

「わ、わかるような、わからないような……？」

「君はフランのために、ずいぶんと動き回っているようだね」

「お嬢様の専属メイドですから！」

先ほどまで動揺していたくせに、そこだけは自信たっぷりにアンナが言った。いっそ清々《すがすが》しいほどの変わり様にリベリオは吹き出しそうになったが、当主としての威厳を保つために我慢した。

「そうだね。まあ、フランのために働けと言ったのは僕だ。ところで、君を雇う時に、いくつか約束させたよね？　フランが勉強に専念できる環境を整えること、彼女の健康管理に気を遣うこと。フランの周辺に余計な男が近づかないようにすること」

「もちろん覚えてます。お嬢様に手を出そうとする輩《やから》がいたら、遠慮なく殴って埋めてもいいって」

アンナは軽く拳を握った。上質かつ質素なメイド服とは正反対の闘志に、リベリオは軽く目眩《めまい》がした。

「……おかしいな。僕は阻止しろとだけ言ったはずなんだけど」

「生温《なまぬる》いですよ旦那様！　暴走した獣を止めるなら、殴って気絶させるのが一番です！　お嬢様の色香に惑わされた獣が、声をかけただけで止まるとでも⁉」

執務室にいた客人が無言でリベリオを見てきた。お前は使用人にどんな教育をしているのかと、目で訴えてくる。

リベリオはひとまずアンナの問題から片付けることにした。

「あー……その話はまた後でしようか。そうそう、もう一つあったよね？　僕の仕事の領域に入る時は、必ず報告すること」

「ありましたねえ。えっ？　私がやってたことって、旦那様のお仕事に関係があったんですか？」

「無関係ではないね。それで、だ」

リベリオは執務机に両肘をついて、アンナを見上げた。

「フランにはどこまで話した？」

「ええと……」

「全部じゃないんだろう？」

「お嬢様にはお聞かせしたくないこともありましたので……」

「よろしい」

アンナの気遣いに満足したリベリオは、彼女が知っていることを全て話すよう命じた。アンナは『全て噂ですからね』と前置きして、フランチェスカには言えなかった噂を報告していく。

一つ明かされるたびに、ソファに座っている客の顔が険しくなっていった。苛立《いらだ》ちを抑えるためか、腕を組んで正面の壁をじっと見つめている。客の様子に気がついたアンナは、全て話し終えるとリベリオを縋《すが》るような目で見た。

「……帰ってもいいですか？」

「ああ、いいよ。引き続き、フランの周辺には気をつけておいて」

逃げるように部屋を出たアンナだが、扉は静かに閉めていった。教育された使用人としての振る舞いにリベリオは満足した。あとはリベリオ以外の相手にも言葉遣いを直してくれたら文句はない。

「今の話、お前は放置しておくつもりか？」

ようやく口を開いた客人――エルは、不機嫌さを隠そうともしない。

「僕は仕事に私情を挟まない主義でね」

視線の圧が増した。これは相当、怒っているなとリベリオは苦笑して続ける。

「エル、僕の仕事を忘れたとは言わせないよ？」

「……監察官」

「そう、だから身内への悪口だけじゃ動けないの」

監察官は国王の直轄組織で、貴族や行政を監視している。腐敗を正して王の治世を助けるのが目的だ。不正の証拠を摑むために、爵位に関係なくある程度は自由に動ける裁量が認められている。その代わりに悪用することがないよう、厳しい規則も設けられていた。

決して私情を挟まないこと。

たとえ身内に被害が及ぼうと、調査の手を抜いてはいけない。

貴族の子息が通う学園を卒業し、最年少で監察官になったリベリオは、力の使い方を正しく理解していた。せっかく合法的に貴族を調査できる立場になったのに、感情で動いて手放すなど馬鹿げている。

「さすがに名誉毀損を黙って堪えろ、などという規則はないはずだが」

「ヴィドー公爵家が噂を握りつぶしたら、本当だと肯定することになるだろう？」

「だが、先程の話は、あまりにも……」

アンナが隠していた噂には過激なものも含まれていた。貞淑なのは見た目だけで、裏では男遊びが激しく屋敷に連れ込んでいると聞いた時は、あまりの荒唐無稽さに笑いそうになったが。

どうやら世間では表と裏の顔を使い分ける悪人が人気らしい。噂を信じている者たちに、フランチェスカと同じ一日を過ごさせて、どこに遊ぶ時間があるのかと意地悪く問い質《ただ》してみたい。

それに婚約者以外の男と関係を持つ者を、王家が放置するわけがない。必ず扶養しているリベリオに問い合わせてくるはずだ。まだ探りすら入れられていないということは、フランチェスカは潔白だと思われている証拠だった。

王家はこの問題に口を挟む気はないようだ。いずれ王太子妃になるなら、この程度の噂は制御してみせろということだろうか。

フランチェスカがリベリオに何も言わず調べているのは、兄の立場と王家の意向を汲《く》んでいるからだと思われる。

「家族を貶《けな》されて、思うところがないわけじゃない。たかが噂だからと楽しんでいる奴らに対して、必死に打ち消すようなことをしても意味がないんだよ。あいつらは舞台の上で踊る役者を見ているだけなんだから。迫真の演技になるほど、観客は魅了される」

「それは、俺も理解している」

「いつか見物料を払ってもらうために、誰が観客なのか知っておかないとね」

エルはため息をついて目を閉じた。しばらく項垂《うなだ》れていたが、やがて感情を切り離して顔を上げる。

真《ま》っ直《す》ぐリベリオを見る目には、ただの親友からは程遠い光があった。

「では、監察官殿の意見を聞こうか」

リベリオはアンナが拾い損ねたことも交えて、簡潔に述べていった。

「同じ話が広まった範囲と速度を考えると、ただの戯言《ざれごと》と片付けるには危険だと思うよ。特定の誰かが人を使って意図的に流してる。敵は慣れてるね。一つ一つは架空の誰かのことだけど、いくつか集まるとフランのことかと思わせるようにした。万が一バレても、フランのことじゃないと言い訳できる逃げ道を作ってる」

「噂を流しているのは、下位貴族か。彼らに命令したのが上位貴族だとしても、派閥を超えて流れているな。フラン一人を貶《おとし》めたいにしては、手が込んでいる。本命はフランじゃないんだろ？」

「僕は断言しない。まだ証拠がない」

「職場に情報は流れてこないのか」

「流れてきたとしても、それを部外者の君に教えることはできない」

たとえ親友でも、越えてはいけない一線だ。

「自室で独り言を言うぐらいは許されているだろう？　俺は今日、ここにいない予定の人間だ」

長い付き合いの中で、何度も聞いてきた言い訳だ。己の現状を皮肉ったエルらしい棘《とげ》が隠れている。

「……僕は今、新興貴族を中心に金の流れを追っている。新しく貴族の一員になった家が、王国を乱さないようにね」

爵位を得た途端に態度が変わる者は、過去にいくつか例がある。叙爵された家を監視するのも、リベリオが所属する監察の役目だった。代々続いている世襲貴族に取り込まれ、あるいは潰されないように保護することもある。

「滅多にない新人の登場に、社交界が賑《にぎ》わっている。前回、豪商が叙爵されたのはいつのことだったかな？」

「金の匂いに浮き足立ってるだけだろ。不慣れな世界に飛び込んできた獲物を、互いに牽制しつつ捕まえようとしてる。子飼いにして金を引き出したいだけだ」

エルは冷淡に切り捨てた。

「新興貴族も狡猾《こうかつ》な家ばかりだ。爵位は低いが金はある。新参者同士で派閥を作って、古い家を駆逐しようと触手を伸ばす奴らしかいない」

「それぞれの道で功績を立てて、面倒な貴族社会に飛び込んでくるんだよ？　並の神経をしてるわけがないじゃないか。これを纏《まと》める王家は大変だなあ」

「だからフランが嫁ぐことになったんだろ」

不機嫌さを隠さなくなったエルは、リベリオを睨むように言った。

「フランとお前の母親は、元を辿《たど》れば新興貴族の家系だ。対して父親のヴィドー公爵家は古い世襲貴族。双方の派閥を抑えるために、王家からお前の父親に打診があったらしいな？」

「そうらしいね。急に僕が公爵家を継ぐことになって、婚約は消えるかと思ったんだけどな。年端もいかない頃の婚約なんて、解消しても不思議じゃないのに」

「心にもないことを言うなよ。当主が変わっただけで、内政を安定させる方法を捨てるわけがないだろ。むしろ余計な知恵をつける前に、逃げられないところまで囲い込むんだよ。第一王子の婚約者は、並大抵のことでは覆せない。それこそ、噂通りの悪女じゃないかぎりは」

「今まさに囲い込まれているところだね。本来なら王太子妃になってから教えられることを教育されているよ。諸外国の要人の名前なんて、ただの公爵令嬢には必要ない知識なのに」

リベリオはすっかり冷めた紅茶に口をつけた。

「薄情と思われようと、現状で僕が表立って動くことはないよ。名指しで罵倒されたら相手になるけど。今まで通り、王家に妹を嫁がせるまで守りに徹するだけだね。それで、君は？」

「俺に事態を好転させる権限があるとでも？　静観、一択だ」

「そう。熱心に聞いてたから、何かするのかと思ってた。君が妹に執着していることは、態度を見ればわかる。どこが気に入ったのかは知らないけど、それは不毛な感情だよ」

返事はなかった。紅茶を飲み終えたエルは、カップを手で弄んでいる。

「まぁ、好きにするといいよ。どうせ今の僕は介入できない立場なんだから」

家族として妹を助けたい気持ちはある。だがここで私情を優先させると、監察官として抱えている仕事から外されてしまう。無責任な噂をばら撒《ま》いている貴族を調べる口実を失くすわけにはいかなかった。

焦ることはない。敵は実害を与えられないからこそ、人の心を惑わせて孤立させようとしているだけだ。一度に刈り取るために、もう少し泳いでもらわないと困る。

――それに。

静かに座っている親友が黙っているとは思えなかった。

5

リベリオの執務室を出たエルは、自由に公爵家の屋敷内を歩いていた。

子供の頃から出入りしている場所なので、どこに何の部屋があるのかおおむね知っている。だが家人の許可なく入る気などない。リベリオも信用してくれているらしく、監視のために使用人をつけて見送られたことは一度もなかった。

使用人が使っている裏口から帰ろうと、テラスがある温室へ向かう。そこから庭に出ると、最短でたどり着けるはずだ。

温室に入ろうとしたエルは、先客がいることに気がついた。

「……フラン?」

テラスに設けられたベンチで、分厚い本を開いて読書をしているらしい。離れたところにいるエルに気づかないほど、目の前のものに集中していた。

革の表紙には箔押《はくお》しの文字が見える。女性の間で流行《はや》っている物語なら、表紙は分厚い紙で、色インクを何色も使って鮮やかに作られていたはずだ。城にいる教師から出された課題だろうか。

ページを捲《めく》りながら物思いにふけるフランチェスカは、絵画を現実に落としこんだように完成されていた。柔らかい光が当たるクリーム色の髪が、緩やかに背中に広がっている。

澄んだ水色の瞳には長いまつ毛の影が落ち、ふっくらとした唇は今は固く閉じられていた。華《きゃ》奢《しゃ》に見える細い首や腕をしているにも関わらず、ひ弱そうに見えないのは、彼女の芯が強い性格がたたずまいに現れているからだとエルは思っている。

見た目だけではない人としての美しさを、彼女は身につけていた。

本に視線を落としたまま、顔の横にかかった髪を耳にかける。そんなさりげない仕草ですら、フランチェスカならずっと見ていたいと思う。

フランチェスカの近くに控えていたアンナは、エルに気がついたようだ。主人に伝えるべく動こうとしたところを無言で制し、そっと温室から離れた。

邪魔はしたくない。その努力が婚約者のためだと知っていても、彼女が選んだ道なら受け入れるべきだ。

エルは別の経路から外へ出ることにした。


エルとリベリオ、フランチェスカの出会いは十年前に遡る。

家庭に居場所を見つけられず叔父《おじ》のところに居候していたエルは、将来の役に立つからという理由で、ヴィドー公爵家の屋敷に連れてこられた。子供同士で親交を深め、人脈を作っておけという意味だ。

公爵家は二人の子供に恵まれ、兄がエルと同じ十歳、妹が七歳だと紹介された。歳が近いことから、今回の顔合わせに選ばれたのだろう。

公爵夫妻とはマナー通りに挨拶をし、そこで紹介されたのがリベリオだ。

当時からリベリオは可愛げのない性格をしていた。子供同士で遊んでおいでと庭に放たれた途端、取り繕っていた表情を捨ててエルに質問をぶつけてきた。

「君、本気で笑ったことないでしょ？」

今にして思えば、あれは質問ではなく確認だった。好奇心旺盛な目をしているくせに、どこか冷めている。子供のくせにそんな顔ができるのかと、感心した覚えがあった。

「お前よりは笑ってるよ」

何となく見透かされたことが悔しくて言い返すと、リベリオは面白そうに口の端を笑顔の形にしただけだった。

どうしてわかったのかとリベリオに聞けば、嘘が嫌いだからという摑みどころがない答えが返ってきた。だから見ればわかると自信たっぷりに断言され、エルはリベリオと二人きりの時は嘘の仮面を捨てることになった。

決していいとはいえない出会いにもかかわらず、なぜかリベリオとは馬が合った。紹介された子供たちは他にもいたが、家のことに関係なく本音をぶつけることができるのは、リベリオだけだった。

お互いに早熟で、世間に何の期待もしていない。滅多に遭遇できない種類の仲間だからこそ、誰よりも理解できて親しくなれたのだろう。

エルは二番目に生まれた子供だった。家を継ぐのはエルの兄で、自分は兄の代替品だ。いざという時まで出番はなく、かといってぞんざいに扱われるわけでもない。主となる兄を支え、時には盾になれと教えられて育った。

兄より目立たないように、有能なところは見せない。突出すれば争いの火種になってしまう。周囲の大人たちの反応から、エルは己の立ち位置を悟った。

リベリオと会った時は、そんな己の境遇に不貞腐《ふてくさ》れていた時期だ。エルから見れば公爵家の第一子のリベリオは恵まれているように映ったが、彼は彼で名家の重責がのしかかっていたに違いない。素のリベリオに子供らしさはなく、常に世間から少しずれた位置で大人を俯瞰《ふかん》していた。

最初の出会いから二年後、不幸な事故でヴィドー公爵夫妻が亡くなったと報《しら》せがきた。

若くして公爵家を継ぐことになったリベリオは、当時通っていた学園を休学して葬儀などの手配に追われることになった。わずか十二歳ということから後見人の申し出があったそうだが、リベリオは全て断ったという。遺産に群がってきていることは明らかだったので、家を乗っ取られないように他人を排除したらしい。

ただ全ての人間を締め出すと、逆恨みする者が出てくる。結果、傍目《はため》には親戚の力を借りて立派に当主としての務めを果たそうとしている子供に見せかけ、裏では遺産に群がろうとする親戚縁者を飄々《ひょうひょう》とかわし、時には懐柔して公爵家の当主としての地盤を固めていった。

リベリオについては最初から心配していない。元から精神年齢と肉体年齢が著しく乖離《かいり》している奴だ。ついに猫を被《かぶ》ることを止めただけで、本質は少しも揺らいでいない。両親を亡くしたことは彼なりに悲しんでいたが、心が潰されるほど弱くないことも知っている。

一応は友人ということで様子を見にいくと、予想を裏切ることなく泰然としたリベリオに出迎えられた。

「学園はどうするつもりだ？　公爵家を継ぐなら、卒業せずとも問題はないらしいが」

「面倒だから飛び級して、さっさと卒業するよ。卒業後の選択肢は多く確保しておきたいからね」

リベリオはこの時から、監察官になることを視野に入れていたのだろう。監察官に採用される条件の一つに、学園を卒業することと記されている。

なぜ監察官を選んだのかと尋ねると、知りたいことがある、とだけ返ってきた。そのためには調査という名目で、他人の後ろ暗いところを探れる立場が必要なのだと。

エルには、それが亡くなった両親のことに繋《つな》がっているのではないかという確信があった。馬車の事故という言葉の陰には、様々な人間の思惑が隠れているのだ。きっと。

子供だった自分たちには、できないことの方が多すぎた。

すっかり腹黒くなった親友のところを辞したエルは、屋敷の裏口から帰ろうと思った。当主となったリベリオからは、好きに出歩いても構わないと言われている。

裏口を目指して庭を歩いていると、建物の壁に背中をつけて、小さな子供がうずくまっていた。

「お前は……えっと……」

親友と同じ髪の色。さらに仕立てがいい服を着ているなら、当てはまるのは一人しかいない。

——フランチェスカ、だったっけ？

ほとんど話したことがなかった。会えば挨拶ぐらいはするが、人見知りなのか恥ずかしそうにすぐ去ってしまう。親友の妹と無理に仲良くなることもないかと、あまり気にしていなかった。

フランチェスカはエルの声で膝の辺りで伏せていた顔を上げた。強張《こわば》った表情と、水色の瞳が不安げに揺れている。

「兄様の……お友達？」

消え入りそうな声だったが、なぜかエルには鮮明に聞こえた。

こんなところで何をしているのかと聞きかけて、彼女もまた両親を亡くしたばかりだということを思い出す。普通の枠を飛び越えている兄とばかり付き合いがあったせいか、妹も立ち直っていると勝手に推察していた。

わずか九歳の子供相手に。

気まずいところに遭遇し、どう切り抜けようか迷っていると、屋敷の中からフランチェスカを呼ぶ声がした。彼女の乳母《うば》かメイドが捜《さが》しているらしい。

「なあ、呼ばれてるぞ」

見つかってはいけないような気がして、エルはフランチェスカの隣に座った。言っていることと行動が合っていない。使用人の苦労を思えば、彼女がここにいると知らせるべきだろう。

「今はダメよ」

ぎゅっと皺《しわ》になるほどスカートを握りしめ、フランチェスカが言った。真っ直ぐ前だけを見つめて、浅く呼吸を繰り返している。今にも泣きそうな顔をしているくせに、意地でも涙は流さないようだ。

「……泣いてもいいんじゃないか？　子供なんだからさ」

何をそんなに我慢しているのか不思議だった。社交の場ならともかく、ここは彼女の家だ。少し涙を流したからといって、嫌味たらしく攻撃してくる敵はいない。

「……お母様と約束したもん。貴族の女の子は人前で泣かないって。それに、兄様一人だけじゃ大変だから、私も、しっかりしないと……」

タイミング悪く自分が通りがかったせいで、泣けなくなったらしい。使用人からも逃げるわけだと、エルは納得した。彼女は素直に親の言いつけを守って、一人になれる場所で隠れていた。

ならば邪魔をして悪かったと、紳士らしく謝罪をしてから帰ろうか。口を開きかけたエルの脳裏に、ふとよぎったことがあった。

「なあ、今更なんだけど。俺は今日、ここにいない人間なんだ」

すぐに理解できなかったフランチェスカがエルを見た。

「俺はここにいない。公爵家に招待された客じゃないし、俺は別の場所にいる予定だったんだ。だからお前が見てるのは夢だよ。夢の中なら、いくら泣いてもいいだろ？」

亡くなった母親は、貴族女性として当たり前のことを教えただけ。親を亡くした子供に、泣くなという意味で言ったわけではないはずだ。

フランチェスカの目から涙が落ちた。一度こぼれてしまうと抑えが利かなくなってしまったのか、次々と透明な雫《しずく》が流れる。

「大丈夫、誰も見てない」

放っておくのも薄情な気がして、エルは距離を詰めてフランチェスカの髪を撫《な》でた。小さな体を引き寄せて肩を貸してやり、遠慮がちに縋りついてきた手を握ってやると、少しだけ彼女の表情が和らいだ。

——何やってるんだろうな、俺は。

自分よりも小さな子供が、必死に己の役目を果たそうとしているのに。それに比べて自分は、注目されていないのをいいことに、実家を逃げ出して叔父のところで世話になっている。今のままではいけないと理解していても、戻りたくない気持ちを優先していた。

こんなにも情けないくせに、世間を斜めに見て冷笑していたなんて。

まずは迷惑をかけている叔父に謝って、それから家に帰ろうとエルは決めた。腕の中にいる少女が、エルの愚かさに気がつく前に。

フランチェスカが泣き疲れて眠ってしまった頃になって、彼女の乳母がようやく見つけてくれた。涙の跡があるフランチェスカを見て、事情を察してくれたらしい。泣かせたことを咎めるどころか、親身になってくれて助かったと丁寧に礼を言われ、こちらが戸惑ってしまった。両親を亡くした日から感情を出さなくなったフランチェスカを、ずっと案じていたらしい。

優しい乳母に抱き上げられたフランチェスカは、あどけない顔で眠っていた。

家に戻ったことで自由になる時間は減ったが、暇を見つけてはリベリオのところへ遊びにいった。ついでにフランチェスカのところに立ち寄ると、最初は泣きついた気まずさでぎこちなかった会話も、回数を重ねると気安いものに変わっていく。

「今日は泣いてないんだな」

家庭教師に出された課題が難しいと嘆くフランチェスカをからかうと、真面目《まじめ》な顔が崩れて頬が赤くなった。恥ずかしさを我慢しているためか、耳まで赤くしているのが可愛らしい。

「あの時は……疲れてただけよ」

「そうか。そりゃ大変だったな。しっかり飯食って寝ろよ」

「子供扱いしてるでしょ」

「未成年は子供だろ？」

「こ、子供だけど淑女よ！」

「それは申し訳ございませんでした、お嬢様」

負けず嫌いかと思えば、素直で従順な面もある性格が面白い。

外国語の上達のために母国語での会話を禁止すると、必死に勉強して喰《く》らい付こうとする。かと思えば、相手がいる方が練習になるからとダンスの相手を申し出ると、何も疑うことなくダンス教師にエルのことを紹介していた。

どうやらダンスは得意ではなかったらしい。何度も足を踏まれてしまったが、親友の妹をからかって遊んだ罰だと受け止めることにした。家庭教師以外で彼女のダンスが上達していく過程を知っているのは、エルしかいない。

いつからか親友に会いにきたのか、フランチェスカに会いにきたのかわからなくなっていた。一緒に過ごす時間は、決して長くない。短い会話から彼女が好きなものを知って、記憶の底に留《とど》めておく。いつか役に立つだろうかと、捨てられないものだけが溜《た》まっていった。

彼女のことをよく見るようになると、家庭教師から出された課題の多さにも気がついた。学園に通っている子息と同じか、それ以上に教養を身につけようとしている。苦労して課題に取り組んでいる姿を見る限り、単純に勉強が好きだからというわけでもなさそうだ。

どうしてそこまで努力するのかと聞いたエルに、フランチェスカは一瞬だけ言葉を詰まらせた。

「どうしてって……私はアロルド様の、婚約者だから。少しでもお役に立ちたくて」

ふわりと浮かんだ微笑は、エルが知らない色をしていた。

第一王子の婚約者。

積極的に政治に関わる立場ではないが、まったくの無関係ではない。いずれ王太子妃として国内での慈善事業を任され、時には外交に顔を出すこともあるだろう。配偶者となってから知識を詰め込むより、幼い頃に学ぶ下地を作っておけば苦労は少ない。だから家庭教師は王族を育てるつもりで厳しくしているのだ。

さりげなくリベリオに確認してみると、政治的な理由で決まった婚約だと知らされた。世襲貴族と新興貴族の両方の派閥を大人《おとな》しくさせるために、彼女が選ばれたのだという。

もし公爵家の令嬢でなければ。

母親の家系が新興貴族の一大派閥でなければ。

もっと自分に力があったら——エルは考えることを止めた。揺れた感情の先にあるものを言語化することが、なぜか怖かった。

自分でも馬鹿だと思う。さっさと見切りをつけて諦めればいいのに、未練たらしく親友の家に入り浸っている。決して手が届かないところにいる彼女を、わずかな時間だけでも独占したいと思ってしまう。

あの笑顔の先にいる人が、ただ羨ましい。

こんなに近くにいるのに、エルにはダンスの練習という建前がなければ、手に触れることすらできない。

6

エルに噂のことを話した翌日、親友のカミラが遊びにきた。天気がいいので庭の四阿《あずまや》に茶器を運び、カミラがお土産に持ってきてくれたアマレッティをレース模様がある皿に盛り付けた。

メレンゲの軽い食感とアーモンドの苦味がある香ばしさ、リキュールが混ざる上品なお菓子は、フランチェスカのお気に入りでもある。

「カミラ。来てくれて嬉しいわ」

「ふふ。そろそろ勉強に飽きた頃だと思ったの。いくら王子に輿入《こしい》れするからって、王室はあなたに要求しすぎなのよ。結婚式が終わったらすぐに外交官に任命する気かしら?」

盗み聞きされる心配がないとわかるなり、カミラは明け透けに言った。

彼女はフランチェスカが忙しい合間を縫って、茶会やサロンに顔を出していることを知っている。貴族の令嬢にはあまり縁のない経済学まで学び始めた時は、無理をしすぎて倒れるのではと心配までしてくれた。

「どうせ知らなきゃいけないことなら、今のうちにやっておきたいの」

「あなたに必要なのは勉強じゃなくて、押し付けようとする人を遠ざける言葉だと思うわ」

しばらく他愛のない話をしているうちに、アロルドの側近の一人が婚約をしたという話題になった。ゆくゆくは内政面で補佐をするだろうと言われている男で、実家は伯爵位だという。

「私のところと領地が近くて、それなりに家同士のお付き合いがあるの。少し領地経営が思わしくないと思っていたら、この婚約でしょう？　お相手の子爵家が融資の見返りに結んだと言われているわね」

「昔からよくあることね」

「この婚約で、アロルド様の影響力が新興貴族派に傾いた、なんて話も聞くわ。もっと楽しそうな話題で盛り上がればいいのに」

「国王陛下が派閥に関係なく臣下を徴用される方ですから、アロルド様がどう振る舞うのか関心が集まっているのよ」

「どうせ未来の国王に取り入るために、部下から操ろうとしてるだけよ。政治って嫌いだわ。みんなで足を引っ張り合って、どこへ行こうとしているのかしら？」

カミラは紅茶が入ったカップを置いた。

「ああ……アロルド様で思い出したわ。ねえ、サロンで出会った男爵家の方、覚えている？」

「エミリア様？」

「様なんて敬称、付けなくてもいいわよ。あの女、手当たり次第に男性に近づいているんだから。夫を誘惑したとアンジェラ様がお怒りなのよ」

アンジェラは共通の知人だ。名馬の産地で有名な侯爵家に嫁いだばかりで、もうすぐ夫と共に領地へ向かうと聞いている。

「誘惑したって……異性にだらしない方には見えなかったけれど」

「違うのよ。アンジェラ様の目の前で、名産の馬を見に領地へ行きたいと言ったそうなの」

「それは……」

同性なら、よくある挨拶の一つだ。初対面の相手に仲良くなりたいという意味で使うだけで、深い意味はない。だが異性に使えば、あなたに興味があるから親密になりたいという意味になってしまう。

お互いに未婚で婚約者もいないならともかく、既婚者に言うと不倫の誘いと受け取られるのが普通だ。

「お相手はアンジェラ様一筋の方ですから、すぐに拒否なさって誤解されることはありませんでしたけど……平民生まれだから礼儀作法に疎いなんて言葉で許される範囲を超えてるわ。異性に言ってはいけないことなんて、礼儀作法の先生から最初に教えられることでしょう?」

他の場所でも似たようなことを繰り返し、エミリアの周囲には爵位に関係なく複数の男性がいるそうだ。人目を惹く可愛らしさと、物怖《ものお》じしない明るさが新鮮に映るらしい。

「あの、フラン。私、迷っていたけれど……やはり隠し事はできないわ」

「どうしたの？　言いにくいなら、今日でなくてもいいのよ」

「いいえ、手遅れになる前に言っておくわね」

気落ちしないでね――カミラは前置きしてから話し始めた。

「あの女、アロルド様にも他の方と同じように接したらしいの。それで……最近、二人きりで話しているところを見たという方が……」

どうやらエミリアの態度に我慢できなくなった複数の令嬢から絡まれているところを、通りがかったアロルドが取りなしたのがきっかけだったらしい。後日、そのお礼だと言ってアロルドの前に現れたという。

「ねえフラン。殿下なら大丈夫だと思うけれど、エミリアは予想外なことばかりする女よ。アロルド様の側近の一人が婚約なさった家、新興貴族派でしょう？　私、派閥だけで判断したくないけれど、殿下の周辺が偏り始めたと思うの」

カミラからの警告だ。アロルドが置かれている環境が変わりつつある。

「……そうね。気をつけておくわ。いつもありがとう」

アロルドには公平さを失わないよう忠告すべきだろうか。フランチェスカは迷っていた。最近のアロルドには会うこと自体を避けられている気がする。

いつからか会話がぎこちなくなり、一緒にいても関心を向けられていないことは感じていた。それでもアロルドが興味がありそうな話題を向けたり、積極的に手紙を出したりしていたが、フランチェスカが行動するほど心が離れていく感触だけが残った。

エミリアのように奔放に振る舞っていれば、何かが変わっただろうか。そう考えそうになったフランチェスカは、自分の言葉を否定した。自分は第一王子の婚約者だ。令嬢らしくない行動は、アロルドの評価を下げることになる。彼の迷惑になることはしたくない。

カミラが帰る時間になり、玄関があるホールまで来たとき、リベリオが職場から帰ってきた。監察官は情報提供者を守るために、職場がある王宮ではなく、いくつか持っている家で会うことがある。帰宅をする時間が不規則になるので、リベリオは屋敷にいる全員に出迎えは不要と言っていた。

「カミラ嬢か。いつも妹が世話になっているね」

「とんでもございません。お世話になっているのは私のほうですわ」

少し緊張した様子で、カミラは兄に答えた。

「これからも仲良くしてやってね」

リベリオは仕事の関係者と思われる壮年の男を従えて、書斎へと歩いていった。リベリオの後ろを歩く男は、フランチェスカたちに無言で軽く頭を下げる。身のこなしが洗練されていて、どこかの家令と言われても違和感がない。

「……あなたのお兄様、今日は違う人を従えているのね」

「今日は？」

「いつもの方は栗色の髪で、同い年くらいではなくて？」

「それはお兄様の友達よ」

「あら、そうだったの？　ごめんなさいね。監察官は情報源になる人を雇っていると聞くから、てっきり……」

フランチェスカはエルの素性を聞いたことがなかった。子供の頃から家に出入りしていて、兄と仲が良いことしか知らない。家名を名乗ったこともなく、着崩しているせいでわかりにくいが、平均的な商人のような服装だった。

「詳しくは知らないけれど、仕事の話もしているみたいだから、まったくの無関係ではないと思うわ」

「監察官ですものね。家族にも言えないことがあるのね、きっと」

そうカミラは納得して、彼女の家の紋が入った馬車に乗りこんだ。

7

フランチェスカは一人で王都にある庭園に来ていた。

身分を問わず開放されているバラ園は、この王国で品種改良された植物を展示する場でもある。優れた花を世間に知らしめて技術力の高さを誇示する意向があるようだが、ほとんどの国民は純粋にバラの美しさを楽しんでいた。

今日はアロルドと会う予定だった。婚約者として親交を深めるためにと、アロルド側から提案してきた。いつも無愛想なアロルドにしては珍しい。母親である王妃に何か言われたのかと勘繰ったりもしたが、滅多にないデートに誘われたことが嬉しかった。

楽しみにしていたのに、前日に届けられた手紙には、急な仕事で行けなくなったと書かれていた。間近になって予定を取り消されるのは、初めてではない。いつもフランチェスカを気遣う言葉はなく、定型文を少し変えただけのような謝罪の手紙が送られてくるだけ。

フランチェスカは誰もいない四阿を見つけて座った。この庭園はお気に入りの場所だ。花に囲まれていると気持ちが落ち着いてくる。

自然はフランチェスカの顔色を窺《うかが》わないし、腹の探り合いをしなくてもいい。肩書き全てを取り去った、本当の自分でいられる。それに花を観賞していると言えば、ほとんどの人がフランチェスカを一人にしてくれた。

今日は心の中に巣食っている感情から逃げたくて外へ出たのに、気がつけば冷たい態度のアロルドのことばかり考えてしまう。

彼のことは、会えば会うほどわからなくなっていく。

フランチェスカが初めて自分の結婚について聞いたのは、わずか七歳の時だった。自分の意思ではなく周囲の意向で嫁がされると知り、悲嘆に暮れていたのを覚えている。だが顔合わせとして招待された王宮で、アロルドから聞かされたのは、政治の思惑を超えて信頼関係を築きたいという本音だった。

フランチェスカは驚いた。道具としてではなく、一人の人間として扱ってくれる。政治のために嫁いだとしても、アロルドとなら夫婦としてやっていけるだろう。フランチェスカがアロルドを異性として好きになったのは、この時だ。

第一王子にふさわしい女性になりたくて、苦手だったダンスや礼儀作法に弱音も吐かず取り組んできた。

将来、教養がない王妃と馬鹿にされないよう、家庭教師に頼んで学ぶ教科を増やした。国内だけでなく海外にも目を向け、広い視野を持つように。

自分に悪評がつけばアロルドの迷惑になると、徹底して完璧を目指していた。

全て、好きな人のためだと思うと頑張れたのに。

「久しぶりにお会いできると思って、楽しみにしてたのに……あら？」

四阿は木やバラで隠れているが、ベンチに座ると周囲が見渡せる。フランチェスカが見ている方向には噴水があり、一組の男女が仲睦《なかむつ》まじく歩いてくるところだった。

「……アロルド様？」

仕事があるとデートを断ったアロルドが、若い令嬢と一緒にいる。久しく見ていなかった笑顔を浮かべ、楽しんでいる様子が嫌でもわかった。

フランチェスカとお茶をしている時とは正反対だ。

真顔で、こちらの話に耳を傾けて、時おり相槌《あいづち》をうつ。それがアロルドの性格なのだと思っていたのに。真面目で寡黙なのは、フランチェスカに見せている仮面だった。

「お相手は、コロイア家のエミリア様よね……？」

天真爛漫で愛らしいと噂になり、急激に社交界で有名になっている男爵令嬢だ。同性のフランチェスカから見ても、彼女の笑顔は輝いていて自由を感じさせるものだった。だが彼女が自由に振る舞うほど、貴族としての品位に欠けると非難する声も上がっていた。

二人は噴水の縁に腰掛けて見つめあっている。恋人同士と言われても違和感がない。アロルドがフランチェスカの婚約者でなければ、きっと勘違いしただろう。

努力を認めてほしかった婚約者は、私を見ていない――フランチェスカはアロルドの心を理解してしまった。

政治のために結婚することは覚悟していた。けれど、あんなに態度が違うところを見ると、自分は何のために結婚するのかわからなくなってくる。

これから先、死ぬまで愛がない結婚生活を続けられるのだろうか。結婚してから仲良くなった夫婦もいるが、自分たちはきっと今以上の関係にはなれない。仕事として妻を演じ続けるしか道はない。

恋心も、愛情も、何一つフランチェスカに向いていない。

アロルドとは婚約者という立場で繋がっていただけ。

悪い噂を流されるたびに、見返してやろうと努力してきたのは何だったのか。こんな悪女が妻だなんて王子は女運がないなどと、悪く言われないようにしていたのに。

フランチェスカに見られているとも知らず、アロルドはエミリアにプレゼントを渡していた。小さな宝石がついたネックレスは、エミリアの家格を考えて作らせたものだろう。派手すぎず、男爵令嬢がつけていてもおかしくないデザインだ。

――そういえば、私、誕生日以外で何かをいただいたことがあった？

自分からプレゼントをねだることは恥ずかしい。そう教育されたフランチェスカの誕生日に贈られたのは、白いバラとレースのハンカチだ。毎年変わらない品に、メイドのアンナは『王子のくせにケチ臭い』と文句を言っていた。

きっと女性への贈り物を選ぶのが得意ではないのよ、と擁護していた自分は何だったのか。

隠されていたアロルドの本音を覗《のぞ》き見てしまい、フランチェスカは膝から崩れ落ちそうになった。

意地でも泣くものかと決意した途端に、涙が溢《あふ》れてくる。

成長するにつれ無愛想になる婚約者は、単に心変わりをしていただけだった。フランチェスカに非があるなら、他の令嬢と会う前に教えてほしかったのに。

何も言わず、心だけ離れていく。

「フラン」

後ずさったフランチェスカの耳に、よく知った声がした。

「……エル？　どうして、ここに」

いつもだらしなく服を着崩している姿しか知らないせいか、幼馴染の名前がすぐに出てこなかった。

濃紺を基調にした上着は、王都で警備についている騎士が着ているものだ。職業を裏付けるように、腰には使いこまれた剣を下げている。無造作に整えた髪は変わらないが、元々の顔立ちがいいため、まともな格好をするだけで怠惰な猫科の大型獣から好青年に変わっている。

「それは俺のセリフだ。仕事というか、監視みたいなものかな。フランは……って、あいつらのせいか」

貴婦人は他人に涙を見せてはいけない――教えられたこと全てが台なしだ。

エルは泣いているフランチェスカに気付き、そっと肩を抱き寄せた。

「大丈夫、誰も見てない」

懐かしい言葉だ。

あの時も、我慢していたのに一言で壁を崩されてしまった。

優しくされると余計に泣きたくなる。一人にしておいてほしいと言いたかったが、うまく声にならない。

あやすように頭を撫でられて、フランチェスカはエルの上着を握りしめた。誰が来るかわからない場所で抱きしめられているにも関わらず、今だけは安全だと思ってしまう温かさがあった。

頼りたい。

けれど、こんなところを見られたら迷惑になる。

離れようとエルの胸の辺りを押したが、逆にしっかりと腕の中に捕まえられた。

「そんな顔で、どこに行く気だよ。余計に目立つぞ」

耳元で低い声がする。子供の頃とは、何もかも違う。

「こんな、の……誰かに、見られたら……」

「噂の中心人物が泣きながら帰るほうが騒ぎになるだろ。いいから、ここで大人しく泣いておけ。フランの顔さえ見せなきゃ、どうにでもなる。家に帰るまで誰にも見せない。約束する」

泣いてもいいと言われて、肩の力が抜けた。甘えたら駄目になりそうで、弱音を吐かずにいたのに。心に作っていた壁が崩れてしまうと、脆《もろ》い自分しか残っていなかった。

エルは何も言わずに、フランチェスカを隠してくれている。誰かが四阿に近づいたとしても、彼の背中しか見えないように。その沈黙が怖いほど心地《ここち》よい。

フランチェスカが泣き止んだ頃には、アロルドとエミリアの姿はなかった。

8

エルの約束通り、フランチェスカは誰にも遭遇せずに庭園から帰ることができた。

泣き腫らしたフランチェスカが涙の跡をハンカチで拭いている間に、エルは庭園の入り口で待機させていたヴィドー家の馬車に、裏門に回るよう伝えにいっていた。表門は広く、馬車を停《と》める場所も確保されている。多くの人が訪れるので、ここから馬車に乗っていたら、間違いなく注目されただろう。

四阿から手を引かれて狭い小道を通っていくと、すぐに見慣れた馬車が見えた。裏門は施錠されているはずなのに、エルは鍵穴を少しいじっただけで開けていた。

どんな説明をしたのか、待っていた御者はフランチェスカが来ても御者台から降りてこなかった。それどころか顔を見ないように気を遣い、背けている。エルは御者の代わりにフランチェスカを馬車に乗せ、仕事の途中だからと言って裏門から庭園へと戻っていった。

礼を言いそびれたと気がついたのは、馬車が動き出してからだ。

屋敷に着くと、待っていたアンナに崩れた化粧を落とされ、風呂に入らせられた。

頼れるメイドは時々、全ての事情を知っているかのように動く。フランチェスカが自分で髪を乾かして手入れをしている間に部屋を離れ、温めたミルクと大きなチョコレートケーキを運んできた。

「疲れているときは、とにかく甘いものを食べて寝るのが一番ですよ！」

何も聞かずに、純粋な笑顔を向けてくれる。本音を隠さないアンナのお陰で、冷えきった心がほぐれていくようだ。

フランチェスカはアンナの気遣いを嬉しく思いながら、フォークを手に取った。


次の日、フランチェスカは体の怠《だる》さで目が覚めた。気持ちが緩んでいるのだろうと起き上がったはいいものの、熱っぽくて立っているのが辛《つら》い。不審に思ったアンナがすぐにメイド長を通じて医者を呼び、ベッドの上に戻された。

医者の見立てでは、疲労とストレスからくる風邪《かぜ》だという。心当たりはと聞かれ、フランチェスカは返答に困った。ストレスで思い当たるのは、一つしかない。自分で思っていた以上にショックが強かったようだ。

数日は安静にするよう告げる医者の後ろで、アンナは同意するように何度も頷《うなず》いていた。

「お嬢様、アロルド様から手紙が届いていますが……どうします？」

アンナが真っ白な封筒を見せてきた。ベッドに臥《ふ》せっていたフランチェスカは味気ない表面を確認すると、ため息と一緒に首を振った。

「そこに置いて。見なくてもわかるわ」

約束を守れなかった謝罪文と、形だけの挨拶。こちらがどんな言葉を送っても、返ってくるのは教科書から抜き出したような文面だ。封を開けるまでもない。

「こんな紙切れ一枚で済ませるなんて……大輪の真っ赤《まか》なバラでも持ってこいやです」

アンナは怒りを隠そうともせず、机の上に手紙を置いた。

自分のことのように文句を言うアンナのお陰か、少しだけ気分が晴れてくる。フランチェスカに必要なのは感情を押し殺すことではなく、彼女のように表に出して発散させることなのだろう。

「お嬢様……何かありましたら、お呼びください」

「ええ、ありがとう」

心配してくれるアンナに礼を言い、フランチェスカはまた横になった。一人になって目を閉じると、あの庭園の光景が蘇《よみがえ》ってくる。

努力をしてきた自分が滑稽だ。今までの苦労を全て無駄にされたような気がして、悲しみが怒りに変わりそうだった。

「……駄目よ、それは」

たとえフランチェスカがアロルドに愛想を尽かしたとしても、ただの令嬢から拒絶することは許されない。夫となる人への憎しみは笑顔の下に隠しておく。それがこの国の貴族というものだ。

「私が逃げたら、みんなに迷惑がかかる……」

意に沿わない結婚なんてありふれている。夫婦となってから愛情を深めた者だっているのだ。フランチェスカとアロルドも、そうなればいいのにと思っていた。

疲れているフランチェスカは、いつしかアロルドの心が離れていった原因は自分にあると考えるようになっていた。

熱と処方された薬の影響か、ゆっくりと眠気が襲ってきた。ふわふわとした感覚に身を任せていると、懐かしい光景が浮かんでくる。

王宮の一角、若い婚約者のためにと設けられた席で、フランチェスカはアロルドに話しかけていた。少しでも関心を惹きたくて色々な方向から話題を振ったけれど、反応はあまり良くない。

テーブルの上には、フランチェスカが渡した刺繍《ししゅう》入りのハンカチが置かれたままだ。王国内を視察に行くと聞いて身につけられるものを選んだが、押し付けがましいと思われたのだろうか。

「……君にできないことはあるのか?」

何度目かの沈黙の後に、アロルドが聞いてきた。表情が読みにくいけれど、注目されていることに心がざわめく。

焦りそうになる気持ちを抑え、フランチェスカは冷静に答えた。

「たくさんあります」

「例えば？」

ようやくアロルドから聞いてくれた。何から言おうかと悩むが、また無関心に戻ってしまったらと思うと、迂闊《うかつ》なことは言えない。

苦手はことはたくさんある。勉強は全て得意とは言えないし、本当は堅苦しい礼儀作法なんてやりたくない。ダンスはパートナーの足を踏まないように集中すると、笑顔を忘れてしまう。

「……アロルド様が楽しく過ごせるような、話題作りでしょうか」

ようやく言えたのは、それだけだった。目の前の好きな人に喜んでもらいたいのに、いつも空回りしている感覚がある。

わずかに動揺したアロルドは、このとき何と答えたのだろうか。

思い出せないもどかしさに溺れそうになりながら目が覚めた。

汗をかいて張り付いた夜着がうっとうしい。アンナに着替えと体を拭うために湯を用意してほしくて、滅多に使わない呼び鈴を鳴らした。彼女ならすぐに部屋に来て、あの笑顔を見せてくれるはず。

夢の名残《なごり》が胸の辺りに残っている。鈍い痛みを感じながら、フランチェスカは結論を出すべきか迷っていた。


廊下を歩いていたアンナは、前から来る男がいつも出入りしているエルだと気付くのが遅れた。慌てて端に避《さ》け、軽く頭を下げる。

「君は確か、アンナだったよな？　フランの……フランチェスカ嬢の専属メイド」

「は、はい」

話しかけられたアンナは慌てて答えた。

——いつもの服装じゃないから、わからなかったじゃないですか。何だかすごく偉い人のようです。

この屋敷に遊びにくるエルは、着崩しただらしない姿しか見たことがない。リベリオと対等に話していたことから、ただの知り合いではないはずだ。だが普段の服装はまるで平民のように飾り気がない。初めて見たとき、アンナは新しく雇われた使用人かと思ったほどだ。

今日のエルは王都を守護する騎士そのものの格好をしていた。仕立てがいい制服と上着の飾りから、それなりの地位だろうと予想がつく。アンナは騎士の身分に詳しくないので、それがどの地位なのかまではわからなかった。

帯剣して立っているだけで絵のモデルになりそうな変身ぶりに、いつもちゃんとした格好をすればいいのにと思う。色々と残念だ。

緊張するアンナに対し、エルは気さくに話しかけてきた。

「彼女の様子を聞いてもいいか？　昨日は……その、だいぶ疲れていたようだから」

エルは執務室でアンナと会って以来、屋敷に来ていない。御者から庭園にいたフランチェスカのために手を尽くしてくれたことは聞いている。口ぶりからすると、憔悴《しょうすい》して帰ってきた原因も知っているのではないか――アンナは思った。

「お嬢様ですか。ええ、今は体調を崩されて寝込んでおられます。かわいそうに……それもこれも、あの王子のせいに決まってます」

あのアロルドしか見ていないお嬢様が、手紙を開けもせず放置している。そもそも気分転換にと庭園へ出かけた昨日は、アロルドと会う予定だったのだ。そして人前で激しい感情を露わにしないフランチェスカが、明らかに泣き疲れた顔で帰ってきた。これで無関係というなら、アンナはもう何も信じられない。

「おや。君から見た第一王子というのは、そんなに酷い男なのか？」

「だって、お嬢様とのデートをすっぽかしたくせに、手紙だけで謝ったつもりになってるんですよ？　お城で受けてる教育を休むぐらいの熱を出して寝込んでても、見舞いをするって考えにはならないし。だいたい、そのデートだって、なんだか避けられないから仕方なく、って感じで迎えに来るし！　嫌なら最初から来るなです」

喋っている間に、アンナはアロルドへの怒りが湧いてきた。自分より遥《はる》かに身分が高い相手だが、どうせ平民の自分が何を言っても、王宮にいる本人に伝わることはない。それにアンナが言っていることは嘘ではないのだ。

「お嬢様が陰でどれだけ努力しているのか、知らないんですかね。そんなに嫌なら結婚なんて止めてしまえばいいのに。お嬢様は、もっと大切にしてくれる人と結婚するべきです。アクセサリーを贈る余裕もないほど貧乏な王子なんて」

「な、何でそう思う？」

予想外の暴言だったのか、エルがむせた。だがアンナにはどうでもいいことだ。

「だって、お嬢様がもらったプレゼントって安っぽいハンカチとか、庶民でも買える花だけですから。誕生日以外は何もありませんし。王族との結婚って、こんな感じなんでしょうか」

「いや……俺には何とも言えないな」

「だとしたら、やっぱり貴族の女の子はかわいそうです。あんなに努力してるのに、大切にしてくれない人と結婚させられて、ずっと我慢し続けないといけないなんて」

「君はフランチェスカ嬢の味方なんだね」

「当然です。お嬢様は私たち使用人に八つ当たりなんてしませんから！　お嬢様の悪い噂、あれ全部ウソですよ。私はお嬢様に蹴られたことなんてありませんし、熱い紅茶をかけられたこともありません。ぜったい、誰かがお嬢様を妬んで流してるだけです」

アンナはエルが聞き役に徹しているのをいいことに、ありったけの不満を述べていった。エルの正式な身分は気になるが、使用人を大切にしてくれる優しいお嬢様に比べれば、遥かにどうでもいい。

それにアンナの直感では、エルはフランチェスカの味方だ。リベリオの書斎で話を聞いていた時の彼は、噂の悪質さに苛立っている様子だった。実の兄であるリベリオよりも、ずっと表情豊かだったことを覚えている。

「どうして、そんなにフランチェスカ嬢のことを気に入っているんだ？」

「だって、お嬢様はお菓子を分けてくださいますから」

断言したアンナに、エルは首を傾げた。

「お菓子？」

「私が働いても買えないような、甘いキレイなお菓子なんですよ！　いつもありがとう、秘密ねって言いながら、お茶の時間に分けてくださるんです。私、洗剤とか変な液体がかかってないお菓子をくれるご主人様には、一生ついていきます！」

「そ、そうか……」

エルは引いているようだが、アンナには関係なかった。大切なのは仕えているフランチェスカの素晴らしさを知らしめることだ。途中から自分でも何を言っているのかわからなくなってきたものの、労働環境の素晴らしさとお菓子の美味《おい》しさだけは熱心に伝えておいた。

9

熱が下がって普段通りに動けるようになったころ、サロンでくつろぐフランチェスカのところにエルが顔を見せにきた。いつもと変わらず、兄のリベリオに会うついでだろう。

エルは上質な封筒を見せ、どうするのか尋ねてきた。

「フランのところにも届いているはずだ。王妃が開催する舞踏会への招待状」

「招待状は来てるわ。でもアロルド様からの、エスコートの提案は来てない」

一人で会場へ行くことは考えられなかった。女性は男性と共に訪れることが当たり前だからだ。

「……残酷なようだけど、第一王子は君を伴って舞踏会へ行くことはないだろうな」

「エル……」

もうドレスを新調する期限は過ぎている。フランチェスカにも痛いほどわかっていた。招待状が届いた時点で打診がないということは、アロルドはフランチェスカのことなどまったく意識していないということだ。

「もしフランが、まだ王子に期待をしているなら……一人で会場へ来るといい。傷つくことを避けるなら、俺がフランを連れていく」

「あなたが？」

「リベリオと俺、フランの三人で。兄が妹をエスコートするのは珍しくない。そこに相手が見つからない可哀想《かわいそう》な親友が、便乗して夜会に行く。よくある話だろ？」

そうエルは冗談めかして言った。彼が言う通り、相手が見つからない者が集団で夜会に来ることがある。同伴者の都合で一人になってしまった者が、よく使う手段だ。決して恥ずかしいことではなく、好意的に受け止められている。

「期待はしてない。でも、一人で行くわ」

「フラン？」

予想外の答えだったのか、エルは驚いていた。

「私は冷血で無慈悲な公爵令嬢と噂なのでしょう？　将来は国を傾けるような悪女に成長するそうね。自分の評価の悪さが嫌になるわ」

「フラン、ただの噂だ」

「でも噂を信じて、私に罪を償えと匿名で言ってくる人もいる。そんな女が一人で夜会に現れたら、さぞ目立つでしょうね」

エルはフランチェスカの腕を摑んだ。

「自棄になるな！」

「私はアロルド様の本音が知りたいの。一人で夜会に来た私を見て、最初に言うことが、きっと本心から出た言葉よ。その場にいないかもしれないけれど」

「それはない。今回は第二王子のお披露目も兼ねている。兄である第一王子が欠席することはない」

「そう。じゃあ、第二王子の顔を見たら帰るわ。最後まで笑顔でいることは無理」

「君はそれでいいのか？　噂を信じる奴らを喜ばせるだけだぞ」

「いいのよ。もう疲れた。何のために努力してきたのか、もう自分でもわからないもの」

腕からエルの手が離れ、そっとフランチェスカの髪を撫でた。

「……俺がアロルド殿下なら、君にそんな顔をさせないのに」

「あなたが婚約者なら、人前でダンスしても緊張しなかったでしょうね」

いつも一緒に練習してくれたから、と言ってフランチェスカはエルから離れた。

もう他人の悪意に俯《うつむ》かない。

何を言われても、堂々と前を向いていようと決めた。

「あなた、本気なの？」

カミラは信じられないといった様子で、口元を手で覆った。

体調を崩したと聞いて見舞いに来てくれた友人は、心配して夜会のことを聞いてきた。隠していても仕方がないので正直に話し、当日の対応についてもお願いしたのだ。

「ええ、本気よ。私が一人で夜会に現れても、声をかけないでほしいの」

「何のために？　あなたの名誉が傷つくだけじゃない」

「今でさえ最低なのよ？　これ以上、落ちる評判なんてないわ」

「だからって……あなたのお兄様は何と仰っているの？」

「お兄様は仕事で夜会には参加されないわ。ヴィドー公爵家の意志を見せてあげなさいと」

「それは……かなりお怒りと受け取ってもよろしくて？」

兄はいつも穏やかな表情を浮かべているせいで、本音がわかりにくい。今まで噂について一切触れなかったが、職業柄、いくつかは耳に入っているだろう。人の話はあてにならないと前置きしてから、フランチェスカがどんな選択をしても味方だよと優しく言ってくれた。

「直接聞いたわけではないけど、思うところはあると思うわ」

「フラン……」

「お願いカミラ。もう私とアロルド様のことは隠しても仕方がないわ。嘘のことも出回っているけど、関係が良くないのは本当よ。だから今のうちに、アロルド様の本音に触れたいの」

痛ましそうにフランチェスカの話を聞いていたカミラは、小さくため息をついた。

「……わかったわ。他の令嬢にも伝えます。でもね、気が変わったら教えてね。弟にあなたのエスコートをさせるわ。大丈夫、社交界デビューしたばかりの子供だから、練習に付き合ってあげているとしか見られないわよ」

カミラは弟の不甲斐《ふがい》なさを嘆いてから、女の子を誘う度胸もないのよと冗談っぽく付け足した。

10

手助けなんて必要ないじゃないか——アロルドはそう思った。

ヴィドー公爵家に不幸があり、ようやく相続などの問題が落ち着いたころ、王城に兄妹が招待されたことがあった。

久しぶりに会った婚約者は、両親を亡くした悲しみなどまったく見せることなく、集まった招待客と交流している。年齢に見合わない利発さで周囲を驚かせ、子供には難しいと敬遠されがちな政治の話題にも自分の意見を返していた。

小さな婚約者を守らなければと密《ひそ》かに決めていたのに、彼女には無用な心配だったようだ。緊張しているフランチェスカに、自分がいるから大丈夫だと声をかけたのが滑稽だった。

一人だけでも、十分うまく渡り合っている。

「お前も彼女に負けないようにな」

フランチェスカを褒めた父親——国王がアロルドに言う。ただの激励だったのだろう。だがアロルドは、己の足りないところを責められているように感じていた。

フランチェスカにすら引け目を感じているお前が、王位を継いだときに貴族や官僚を制御できるのかと。

誰が、誰を助けるというのか。自立できていないのは、自分の方なのに。

アロルドは机の引き出しを開けようとした手を止めた。ここにはフランチェスカにもらったハンカチが入っている。

刺繍も、遠く離れる婚約者への気遣いも完璧。

できないことはあるのかと尋ねてみれば、受け答えすら隙がない。

この引き出しを開ければ、己の劣等感と向き合うことになる。

鬱屈した日々を変えたのは、ある風変わりな令嬢だった。

叙爵されたばかりの新興貴族ということと、男爵という爵位の低さで関わりは薄い。末端の家にいる令嬢の名前など、知らないのが普通だ。だが彼女は側近の一人と知り合いだったため、名前だけは知っていた。

だから、手を差し伸べてしまったのだと思う。

とある夜会でフランチェスカと踊ったあと、義務から逃れたくてテラスへ出てきた。そこで複数の令嬢から詰め寄られている彼女を見つけてしまった。

貴族として相応《ふさわ》しくない、義務を果たせという言葉が、自分に向けて言われているようで――気がついたら仲裁に入っていた。

エミリアは確かに貴族としての振る舞いに欠けているところがあった。アロルドを見ても王子と気がつかないどころか、身分なんて関係ないとばかりに話しかけてくる。

新鮮だった。

夜会の短い時間では大した言葉は交わせなかったけれど、彼女が語る平民の生活は生き生きとしていて、文字でしか知らなかった知識が満たされていく喜びがあった。

もし彼女が婚約者だったなら、引け目を感じることはなかっただろうか。

貴族の女性は本音が見えない。いくら夫に不満を抱いていようと、あの微笑みで全てを隠してしまう。

――アロルド様が楽しく過ごせるような、話題作りでしょうか。

こちらを優先することばかりで、本当に知りたいことは教えてくれない。

フランチェスカも切り出し方を変えれば、違う顔を見せてくれたのだろうか。

考えても詮のないことだ。

フランチェスカは自立した強い女性だ。未熟な自分の助けなど必要ない。

エミリアのような、守らなければ失われてしまうような無邪気さは持ち合わせていない。

彼女は度々側近に会いにきているらしい。また話す機会があるだろうかと、淡い期待が湧いてくる。誰かに会えることを望むのは初めてだ。

偶然を装ってエミリアに会いにいくと、弾《はじ》けるような笑顔で駆け寄ってくれた。会える喜びを全身で教えてくれているようで、知らず知らずのうちに顔が綻ぶ。

言葉の裏を察しなくてもいい気軽さと、目が離せない無防備さ。

関心が尽きない不思議を知りたくて、自由になる時間を彼女のために使っていた。

ゆっくりと沈んでいく『何か』に気がつかないふりをしていた。

愚かなことをしていると思う。

もう取り返しがつかないところまできた。

「あの、アロルド様……」

エミリアが不安そうにアロルドを見上げている。

「私、不安なことがあって……フランチェスカ様のことなんですけど」

「何かあったのか？」

「こんなことになって、きっと怒っておられると思うんです。だって、あのフランチェスカ様ですから……他の方のように、報復されると思うと怖くて」

取るに足りないと思っていた噂は、今や社交界全体に及んでいる。裏付けを取るよう側近に命じたところ、間違いないと結果が出た。

「大丈夫だ。不正はいずれ明るみに出る」

そう言うと、エミリアは安堵《あんど》したように微笑んだ。

フランチェスカは噂を否定することすらしない。肯定しているようなものだ。

彼女は強い。それが正しさに発揮されているなら、夫婦となることも我慢できた。だが矛先が罪もない令嬢に向いているなら、アロルドが指摘しなければいけない。それが婚約者としての役目だろう。

――ここ最近のフランチェスカは、視線すら合わせようとしない。やはり彼女にとって大切なのは、私よりも第一王子の妻の座なのか。

もう疲れた。

完璧な令嬢の婚約者として、背伸びをすることが。

褒めてくれなどと、子供のようなことを言うつもりはない。未来を見据えて為《な》すこと全てに、できて当たり前という評価だけが下される。そのことが息苦しい。

彼女の存在が、自分を苦しめていた。

そう結論づけたアロルドの脳裏に、フランチェスカの申し訳なさそうな顔が浮かんで、消えていった。

面会者だと同僚から告げられて、リベリオは広げていた資料を手早く片付けた。

王宮の片隅に、隔離するように設けられた監察官室。人目を忍んでここを訪れる者は、たいていは情報提供者だ。

ようやく新興貴族の金の流れが摑めたのかと面会室に入ると、予想していた協力者とはまったく違う男が座っていた。

「エル。ここに来るとは珍しいね。どういう風の吹き回し？」

堂々とした態度でソファに座っていたのは、騎士の隊服を着たままのエルだった。階級章や飾り紐《ひも》を全て外し、所属がわからないようにしてある。親友にしては雑な隠し方だと思うが、それだけ時間がなかったのだろう。

リベリオが向かいに座るやいなや、エルは筒形に丸めた紙の束をテーブルに置いた。どこかから掻き集めてきたものを、細い革紐で一つにまとめている。

「例の貴族から融資を受けている奴らの一覧だ。金を出した商人は複数いるが、大本を辿れば、この貴族に繫がっている。仲間が架空の投資話を持ちかけて、破綻したところで親切な協力者を装って借金の肩代わりをする。銀行よりも低金利にした見返りとして、ちょっとしたことを『協力』させていたらしい」

外国で数年前に流行った手口だとエルは言う。彼はそちらの国に留学していたので、どこを調べればいいのかすぐに見当がついたそうだ。

「貴族間の融資はどれだけ高額でも法律には触れない。借金で家を取り潰さなくてもいい。ある話を知人に喋るだけで、利息が減る――目先の利益しか見ようとしない家なら、結果がどうなろうと飛びつく。嘘を広める汚れ役になろうともな」

「外国では、詐欺師の最終的な問題は明らかになったの？」

「爵位がある家の乗っ取りだ。信頼させて、少しずつ人を送りこんで、思い通りに動かす。何年もかけて血も入れ替えようとしていたらしいが、そうなる前に摘発されて捕まっている」

「目的が同じにしては、動きが……いや、これでいいのか。フランが狙われたのは、目的の第一段階だから」

革紐を解《ほど》いて中身を確認していく。いくつかリベリオが得ていた情報もあったが、手が出せずに諦めかけていたことまで載っている。

本気を出したエルは、持てる力の全てを使ってやり遂げたのだろう。その執念と力が及ぶ範囲の広さに、敵でなかったことを感謝した。

「監察官殿が動く名目は作れたか？」

「完璧だね。これ、一人でやったの？」

「俺にも協力者はいる。少々、強引な手も使ったが。法には触れていない」

寝る間も惜しんで動いていたのか、エルの声には疲労が現れていた。

「いつ動く？」

「そうだね……なるべく大勢の目が一箇所に向いている時かな。僕以外にも動いてもらわないと、間に合わない」

「人手が必要なら貸し出す。その代わり、逃すなよ？　ここを押さえたら、不快な噂も消える」

「僕に協力するとは珍しいと思ってたら……そっちが君の目的でしょ？」

エルは不機嫌そうに顔を歪めただけで、何も答えなかった。沈黙は肯定だ。

「さて、人手を貸してくれると言ったね？　じゃあ遠慮なく使わせてもらおう」

リベリオは首謀者の名前が書かれたところを指先でなぞった。

11

エルやカミラに一人で行くと言ってしまったフランチェスカは、会場が近づくにつれて後悔していた。馬車から見える招待客には、いずれも同伴者がいる。フランチェスカのように一人で乗り込もうとする者は皆無だった。

「でもあんなこと言っちゃったし……」

「お嬢様、今ならまだ引き返せますよ。会場にお知り合いがいらっしゃるなら、私が伝言を持っていきますので」

御者がフランチェスカに優しい声で言う。フランチェスカが物心つく前から公爵家に仕えている男は、出発前にも同じことを言っていた。

「いえ、ここまで来た以上は戻れません。いつも通りにするだけです」

「……そう仰るなら」

渋々、御者は馬を操って王城への道を進んだ。

待ち構えていた王城の案内人に従って馬車を停め、フランチェスカは外に出た。

「いってらっしゃいませ」

「ええ。早めに帰るから、そのつもりでね」

御者に見送られたフランチェスカは扇を握りしめて会場へと向かった。彼女を発見した全ての者から驚きと好奇の目で見られたが、想定内だ。

入り口付近にはカミラが心配そうに立っていた。事前に根回しをしたため、親しい者は誰も話しかけてこなかった。

会場に入ると視線は増え、誰もがフランチェスカを見ている。全員から注目されるという経験は、なかなか貴重で面白い。声をあげて笑いだしたい気持ちを抑え、目的の第一王子を探す。

アロルドはすぐに見つかった。会場の端で件の男爵令嬢や側近たちと楽しげに談笑している。一人で現れたフランチェスカのことは、一度だけ視線をよこしただけで、見えないふりを続けていた。

完全に恋心は潰《つい》えた。

フランチェスカは扇で口元を覆った。婚約者が一人で来ていると知りながら、仲間と高みの見物をしているところが腹立たしい。本人はフランチェスカを見ていなくても、周りにいる者から報告させていることは明白だ。

——どうして、あんな最低な人になってしまったの？

もうこのまま帰ってしまおうか。

いい加減、我慢の限界だったフランチェスカの前に、仮面をつけた奇妙な男が近づいてきた。

「よろしければ、私と踊っていただけませんか？」

誰だと尋ねる前に、仮面の男はフランチェスカに手を差し出した。

いつの間にかダンスの曲が流れている。招待客はフランチェスカから興味を失ったかのように、それぞれの相手と踊っていた。

「……エル？」

「正解」

顔を隠していても、仕草には見覚えがある。よく練習の前に大人びたことを言って、何度もダンスに付き合ってくれた。

フランチェスカは心を許せる知り合いに会えたことで、安堵して手を重ねた。

「ずっと、フランと踊りたいと思っていた。練習じゃなくて、こんな場所で」

曲に合わせてリードし始めたエルが耳元で囁いた。

「その言葉は、あなたの大切な人に言ってあげて」

少しだけ心が痛んだ。幼馴染でもあるエルの素性を尋ねたことはない。けれど兄と対等に接していたことから、彼も貴族の一員だろう。どんなに清い間柄だったとしても、男女の友情が長続

きすることはない。醜聞を恐れて交流を断ち切る日が必ず来る。

フランチェスカとエルは手紙すら交したことがない。彼は兄の親友だ。リベリオと親しくしているついでに、フランチェスカと交流しているだけ。屋敷の外で会ったのは、アロルドの浮気現場を見つけた時が初めてだった。

「考え事しながら踊ると、いつもの場所で間違えるぞ」

不意に投げかけられた言葉で、フランチェスカのステップが乱れた。エルはうまくリードをして、間違えたことすら周囲に気づかせずに修正する。ふわりとドレスの裾が広がり、どこからか感動したようなため息が聞こえてきた。

失敗を隠すだけでなく、演出だと思わせた。フランチェスカがよくエルの足を踏んでしまう箇所を覚えていて、間違えることを前提で備えていたらしい。悔しいことに、自分が上達するよりもエルがカバーする能力が伸びている。

「ほらな?」

「……後で覚えてなさいよ」

仮面の下はきっと、からかっている時の顔をしているに違いない。

二人で踊っていると、次第に周囲の視線は気にならなくなっていた。アロルドと踊った時とは違う。相手を信頼して体を動かせることが楽しい。義務から解放されたのだと自覚したフランチェスカは、会場に入ってから初めて自然に笑えるようになっていた。

曲が終わりに近づいた頃、招待客の間を縫ってアロルドが近づいてきた。

「なんだその男は。フランチェスカ、君は婚約者がいるにもかかわらず、得体の知れない奴と踊る女だったのか」

何を言っているのかわからなかった。どうしてこの人は怒っているのだろうか。先にフランチェスカを突き放したのは、アロルドだというのに。

婚約者を一人にしておきながら、誰かとダンスをしただけで文句を言う。フランチェスカを娯楽の道具にしか思っていないのだろうか。

相手が王族だということを思い出したフランチェスカは、失礼にならないよう軽く膝を折って挨拶をした。他人行儀な振る舞いだが、今日初めて顔を合わせたのだから間違ってはいない。

アロルドの後ろには、不安そうなエミリアが従っている。まるで彼女が婚約者のようだ。完全に立ち位置が違うことに笑いそうになったフランチェスカは、扇で口元を隠して誤魔化《ごまか》した。

「あら、私のことですの？」

「ほ、他に誰がいる!?」

「迎えに来てくださらなかったので、てっきり婚約は解消されたのだと思っておりました。では私は今、浮気現場を目撃していることになりますわね」

自分でも驚くほど、さらりと嫌味が出てきた。悪女としての才能があったのだろうかと己を疑う。

アロルドは居心地《いごこち》が悪そうにしているエミリアを庇《かば》うように、フランチェスカに詰め寄った。

「そんな低俗な言葉で彼女を貶めるのは止めてもらおうか」

「低俗な行為をなさっている方を、他にどう言い表すのでしょう？　まさか真実の愛の元には、どのような行為も許されると？」

「真実の愛、か。そうだな。俺はエミリアに出会ってから、互いを尊重して愛することの尊さを知った。義務で婚約した君とは、何もかも違う」

もしアロルドが王族でなければ、ふざけるなと叫んで殴っていただろう。義務を放棄して他の令嬢と遊んでいた相手には、尊重だの愛だのと言ってほしくない。

アロルドがフランチェスカのことを愛せなくても、仕方ないと思っていた。仮面夫婦として過ごす覚悟はあったのだ。国のために仕事をしてくれる王なら、愛妾《あいしょう》を囲っても黙っていようと思っていた。

ところがアロルドは手順を踏まずに、結婚する前から浮気に走った。好きだったはずのアロルドのことが、途端に不気味に見えてきた。

「君が他の令嬢へ嫌がらせを繰り返し、婚約者の座に収まったことは調べがついている。自らの感情を優先させるような者に、未来の王妃はふさわしくない！　この場で婚約を――」

めまいがしそうだった。噂を確かめようともしない。どういう意図で組まれた婚約なのか、覚えていないのだろうか。

せめて円滑に終わるようフランチェスカが口を挟もうとしたとき、エルに腕を掴まれた。

「貴方にそれを決める権限はないはずですよ」

傍観者だったエルは、フランチェスカを後ろに下がらせてアロルドの前に立つ。

「何だ貴様は。その仮面も失礼だろう」

「まだ取ってはいけないと申し付けられております。時が至れば、すぐに」

堂々とアロルドに言うエルを見て、フランチェスカはある種の予感がしていた。第二王子のお披露目を兼ねているという夜会。わざわざ仮面をつけさせるほどの人物は、きっとこの場の誰よりも位が高いに違いない。

「誰がそのようなことを」

怪訝《けげん》そうにするアロルドに対し、エルは冷静な態度を崩さないまま言った。

「本当に何もご存じないのですね、兄上。意図的に情報が隠されていたことすら気がつかないとは」

「は……？」

エルは会場の奥を見た。夜会の主催者である王妃が現れ、招待客からの挨拶を受けている最中だ。エルの視線に気がついた王妃は、悠然とした足取りでこちらへ歩いてきた。

「なるほど、貴方の言った通りだったわね」

王妃はエルに向かってそう言うと、招待客へ声を張り上げた。

「留学中だった息子を紹介するわ。第二王子、エルネストよ」

仮面を取ったエルは招待客へ穏やかに微笑む。いつも公爵家でくつろいでいた姿とは似ても似つかない顔をしている。フランチェスカと踊った後でなければ、よく似た他人と言われても信じそうなほどの変化だった。

「挨拶が遅れて、申し訳ない。陛下の意向と私の希望により、今までは公の場に出ることを控えていた」

淀《よど》みなくエルは招待客へ告げた。

「だが諸国で見聞を広め、帰国した今、我が国の発展に貢献していくことを誓おう」

「さあ、堅苦しい挨拶はここまでよ。今日は楽しんでいってちょうだい」

エルが手短に挨拶を終わらせると、王妃は注目している招待客を解散させた。状況についていけずに黙っているフランチェスカに、王妃が声をかける。

「あなたが置かれた境遇については、エルネストから聞いているわ。本当に、なんと言えばいいのか……信じてもらえないでしょうけど、私はあなたのような人が嫁いでくることを楽しみにしていたのよ」

「王妃様……」

「エルネスト、後は任せてもいいのよね？」

「はい。事前に申し上げた通りに」

王妃は招待客の関心を一人でも多く集めるように、近くにいた者に声をかけながら離れていった。残されたのはフランチェスカたちと、事態を見物していたゴシップ好きな者ばかりだ。

「お前、なぜ仮面など」

「母上の趣向ですよ。そのほうが面白いだろうと。まさか兄上が見抜けなかったとは意外ですが」

「くっ……なにが留学だ。数年で終わらせて国内にいたくせに」

「俺のことは今は関係ない」

フランチェスカは一歩前に出てアロルドに向き直った。どうしても聞きたいことがある。

「アロルド様。どうして、私を避けるようになったのですか？　初めてお会いした時から数年は、良好な関係を築いていたように思います。政治の思惑を超えて信頼関係を築きたいというお言葉をいただいて、私は嬉しかったのに」

「……お前は、完璧すぎる」

アロルドから聞かされたのは、苦しみが滲《にじ》んだ返事だった。

「何もかも、完璧だった。お前に会うたびに、俺は自分の未熟さを責められている気がした」

「そんなこと……」

「ああ、お前ならそう言う。だがそれも俺には負担だったんだよ。俺を立てているつもりだろうが、常に隙がない女に尽くされるのが、どれほど惨めなのかわかるか？　比較されて、努力が足りない、支えられるに値する人物なのかと評価される。月日が経つほど、お前がいると息苦しくなってきた。そんな時エミリアに会って、俺は自分が抑圧されていたと気がついた」

そんなふうに自分を見ていたのかと、フランチェスカは悲しくなってきた。

フランチェスカは最初から何でもできたわけではない。むしろ平均的な才能しかなく、人一倍勉強に時間を費やしてきた。寝る間も惜しんで勉強して、アンナに無理矢理ベッドで寝かされたのは一度や二度ではない。

努力していたのはアロルドのため。支える者として相応しくなりたいと思って努力してきたのに、全て空回りだった。

——私はどうすれば良かったの？　将来、王になる人のために頑張るほど、苦しめていたなんて。

何も言えなくなったフランチェスカに代わり、エルが再び口を開いた。

「さて、兄上。フランチェスカ嬢に関する噂ですが」

「……他の令嬢への嫌がらせか」

「本当に調査したのですか？　フランチェスカ嬢に関する噂の出所は、全て同じところでしたよ。その噂も全て嘘だった」

「そんなはずは……」

「証拠ならあります。噂の出来事が起きた日付とフランチェスカ嬢の予定が全く合っていないいんですよ。兄上と王宮でお茶をしている最中に、遠く離れた教会にいる令嬢に泥水をかける方法があるなら、ぜひ教えていただきたい。それとも兄上は目の前にいたのがフランチェスカ嬢ではなかったと言うつもりですか？」

アロルドは反論できずに押し黙った。きっと彼は上がってくる報告を聞くだけで、自分で精査しなかったに違いない。

――いいえ。エルは意図的に隠されていたと言っていた。側近が悪意をもって騙《だま》していたの？

それなら、明らかにおかしなところがあっても発覚しにくい。とはいえ自分に近い者の言葉だけを聞いていたのは、アロルドの落ち度だ。

「フランチェスカ嬢の悪評を流していたのは、借金などの問題を抱えている家ばかり。ちょっと王家の権力を行使したら、みな本当のことを喋ってくれましたよ。とある新興貴族が、援助の見返りに社交界で囁いてほしい話があると持ちかけてきたとか。確かコロイア男爵だったな」

エミリアの顔が青ざめた。落ち着きをなくし、アロルドの背中に隠れる。

「まさか兄上が婚約者を放置して、浮気に走る男だったとは。それに貴族の末端とはいえ、男爵家の者が第一王子の婚約を知らなかったはずがない。王族に失礼がないよう、真っ先に教えたと教育係が言っていた」

「う、浮気だなんてそんな……」

エミリアは目にうっすらと涙を浮かべている。か弱く可憐《かれん》な彼女の涙に、守ってあげたいと思う男性はきっと多いに違いない。

「アロルド様と出会った時は、本当に知らなかったのです。私のような家の者は、王家の方の顔をよく存じ上げませんし……だから、まさか好きになった方が第一王子だったなんて」

「お前も真実の愛などと寝言を言うつもりか？　お前に貢いできた男のうち、兄上が最も社会的地位が高いからだろう。付き合いがある男よりも爵位が高い者が現れたら、あっさりフラれたと複数人が嘆いていたぞ。いや、あれは安堵のため息だったのかもな」

エミリアの顔が引きつった。

「……ち、違い、ます」

すぐに反論しなかったエミリアに、アロルドはショックを受けていた。ゆっくりと後退《あとずさ》り、首を振る。

「嘘だったのか？　どうして」

「そ、そんなことありません！　私は本気でアロルド様を」

「兄上はもうすぐ王位継承順位が最下位になる予定だ。傍系も含めた中での最下位。生きているうちに回ってくることはないだろう」

エミリアとアロルドは揃《そろ》って言葉を失った。

「……は？　なぜ、俺が」

「必要な手順を踏まずに感情を優先させ、有力貴族であるヴィドー公爵家の令嬢を社交界の笑い者にした。噂の真偽を確かめようともしない。王となって権力を得たとき、国政に反映されることは想像に難くない。よって継承順位一位として不適切であるとの結論を下す――国王陛下はそう決断された」

エルの声は周囲の傍観者には聞こえていない。だがアロルドたちの顔色から、重大なことが起こっていると感じているようだ。沈黙して事態を見守っている。

「この件で最も怒っているのはフランチェスカ嬢の保護者であるヴィドー公爵だ。不名誉な噂を否定するどころか、放置。政治が絡んでいるとはいえ、結婚前から浮気をする男に大切な妹を嫁がせたくない、婚約を解消するなら喜んで受け入れる、だそうですよ。良かったですね」

「わ、私は関係ないわ！」

エミリアがアロルドから離れた。

「だってただの男爵の娘ですもの！　第一王子なんて位の高い人から迫られたら、断れないでしょう⁉」

「エ、エミリア⁉」

王位の継承が難しいと知った途端、エミリアは手のひらを返して無関係を装った。愛した女性の豹変《ひょうへん》ぶりに、アロルドは呆然《ぼうぜん》としている。あまりの変わり身の速さにフランチェスカも何も言えなかった。

「待ってくれエミリア」

「まさかまだ婚約されていただなんて。私を騙していたのですね？　私を王妃にすると囁いて、ありもしない夢を見る女と笑っていたのでしょう⁉　さようなら、アロルド様！」

「エミリア！」

出口へ向かって走り出したエミリアを、アロルドが追いかける。

エミリアが大声で被害者を装ったことで、彼女の声しか聞こえなかった招待客はアロルドに非難の目を向けていた。あの演技力で他の令嬢にフランチェスカの噂を流していたのだろう。

「さて、噂と称してヴィドー公爵令嬢を誹謗《ひぼう》中傷していたのは誰だろう？」

エルが周囲を見回すと、目を逸らす者がちらほらいた。いずれも若い女性だ。

「まあ根も葉もない話だ。きっと明日には『誤解だった』という話になっているだろうね。俺はそう信じているよ。騒がせて悪かった。夜を楽しんでくれ」

フランチェスカはエルに促されて会場から庭園に出た。

「入り口は混乱している最中だろう。公爵家の馬車はこちらへ来るように指示させてもらった」

一部の者しか知らない通り道なのだろう。庭園を通り過ぎていった先に、見覚えのある馬車が停まっている。御者はフランチェスカの姿を見ると、安堵の笑みを浮かべた。

馬車の扉が開けられ、踏み台が用意された。先に乗り込んだフランチェスカの後から、エルも乗って扉を閉める。踏み台を片付けた御者は、公爵家へ向かって馬を走らせた。

「……一度に色々なことが起きすぎじゃない？」

「様々な思惑が重なった結果だ」

エルは家までついてくるつもりなのだろうか。ごく自然に馬車に同乗した彼を、フランチェスカも御者も当たり前のように受け入れていた。

「会場にいなくてもいいの？　今日は第二王子のお披露目だったんでしょ？」

「フランは第二王子の顔を見たら帰ると言ったじゃないか。それに俺の役目は果たした。主催者の母上から、しばらく抜ける許可はもらっている」

「私とアロルド様の婚約は解消されたってことでいいのよね？」

「ああ」

「継承順位が変わったとか言っていた気がするけど」

馬車は王城の正門付近に差し掛かった。エルは窓から外を見て、カーテンを閉める。

「フランが噂通りの悪女で、第一王子が手順を踏んで解消したいと申し出たなら、婚約は事務的に処理されただろう。婚約の解消なんてよくある話だ。名誉を重んじて誰もが知らないふりをしているだけ。ところがあいつらは全てを台なしにした。だから国王としては処罰せざるを得なかった」

それだけの話だよ、とエルは言う。

「二人はどうなるの？」

「俺としては無一文で放り出したい気持ちはある。だが兄上を慕っていた気持ちも残っている。甘いと思うかもしれないが、俺は兄上なら、臣下に降《くだ》ってもいいと思っていた。本人はああ言っていたけれど、為政者としての資質はあったと思うよ」

「エル……」

「それにね、あれでも王族だ。血が濃いぶん、利用価値はある。余計なことをしないように監視がつく。功績があればまた継承順位が上がるかもしれないが、その状態から王になった者はいない」

「そんなに重いの？」

「言っただろう？　手順を踏まなかったって。貴族の婚約には政治的な理由が絡んでいる。特に今回は派閥の弊害を消したくて、王家から打診したものだ。個人の感情で勝手に解消してもいいものじゃない。まあ、そのあたりの事情も兄上には隠されていたのかもな。もう何年も前……婚約の話が出たあたりから」

「エミリアは？」

「王子を誘惑して混乱をもたらした。彼女――いやコロイア男爵家が君の噂を流していた元凶だ。フランを悪役に仕立てあげて、婚約を解消されて当然の人物だと思わせようとした。男爵令嬢という身分だったのは不幸中の幸いだったな。彼女の嘘を信じようとしたのは、フランと関わりが薄い下級貴族ぐらいだ」

「どうして……」

「王妃を輩出した家は優遇される。男爵の位では満足できなかったのだろうよ。常々、爵位に不満がある旨の発言をしている。自分にはもっと高い位を与えるべきだと。成功していれば王妃の父親として、政治に口を挟んできただろう。実際は王妃どころか王子の婚約者にもなれないまま、退場してもらうことになったが」

馬車が屋敷に近づいてきた。

「彼らは明らかになった罪状をもとに刑が執行される。それまでは国家に仇《あだ》をなした者として、どこかへ幽閉されるだろう。俺の権限では場所まではわからないが……二度と外へは出られない。他にも処罰を受ける者が複数。今わかっているのは、これぐらいだな。ああ、到着したよ」

エルは扉を開けて外に出た。フランチェスカが降りるために手を差し出す。

「今日はもう休むといい。一度に色々なことがあって混乱してるだろ？」

馬車を降りたフランチェスカと入れ替わりに、エルはまた馬車に乗る。

「すまないが、また城へ戻ってくれないか？」

「かしこまりました」

御者は恭しく頭を下げた。

「エル！」

扉を閉めかけたエルは、フランチェスカに笑いかけた。

「近いうちに訪問させてもらう。今度はリベリオのついでじゃなくて、正式に」

遠ざかっていく馬車をフランチェスカは見送ることしかできなかった。エルを乗せた馬車が見えなくなり、アンナに促されてようやく屋敷へ入る。数人のメイドにドレスを脱がせられ、着替えを済ませると、ようやくまともに呼吸ができるようになった気がした。

12

エミリアを引き止められずに逃してしまったアロルドは、会場に戻ることなく人気のない廊下を歩いていた。どうせ戻っても好奇の目に晒《さら》されるだけだ。今さら言い訳などできるはずもない。

いつか、こうなると思っていた。

所詮は都合がいい夢を見ていただけ。

虚しさと同時に、継承順位が変わったことに安堵していた。

自分は死ぬまで表舞台に立つことはなくなった。血の濃さゆえに利用される未来は変わらないが、王として人の上に立つことを強要される道はない。

フランチェスカには申し訳ないことをしたと思っている。側近の言葉を信用しすぎて、彼女のことを何一つ知ろうとしなかった。何年も婚約していたのに、好みの花すら知らない。

今さら謝罪などしても意味がない。何度も歩み寄ろうとしてくれたフランチェスカには、恨まれても当然と言えることをしてしまった。彼女が被った不名誉は、全て自分の愚かさが招いたこと。全てを償うには至らないが、自分が愚者の烙印《らくいん》を押されたことで、少しは回復できただろう。

それが彼女に示せる誠意だった。

「アロルド殿下」

廊下の暗がりから呼ぶ声がする。

歩みを止めたアロルドの前に、リベリオが現れた。夜会には参加していなかったのか、普段着の上から監察官を示す短いケープを羽織っていた。

「コロイア男爵家及び殿下の側近について、至急お尋ねしたいことがあります。ご同行願えますか？」

継承順位が変わったことは、まだ正式に公布されていない。王家からも追放されていないため、身分を笠《かさ》に着て断ることもできる。

「わかった。どこへなりと連れていけ。偽りは口にしないと誓おう」

夜会で男爵家の事情を知ったとき、いずれこうなることは予想していた。こんなに早く接触してきたということは、前々から準備していたのだろう。

――おそらく今頃は、コロイア男爵に関わった者たちも捕まっているだろうな。

夜会に人の目が集まっているうちに、それぞれの屋敷で証拠品を押収しているはずだ。会場にいる容疑者たちは、捕縛されるまで首に縄がかかっていることに気づかない。

一人残らず捕らえるには最適だ。よほど有力な情報を手に入れているに違いない。

リベリオは黙って頭を下げた。

「ではこちらへ」

案内される先は、監察官室だろうか。王族が出入りするような場所ではないが、今の自分には十分すぎるほど厚遇だろう。

「ヴィドー公爵。貴方なら、あらゆる情報に精通しているのだろう。俺に隠されていたことも教えてもらえないか」

「……かしこまりました」

大人の対応をしてくれるリベリオに、内心で感謝をした。公爵家に多大な迷惑をかけたのだ。この場で殴られても文句などない。

「残念です。私も、私の友も、アロルド殿下に仕えるものだとばかり思っておりました」

監察官室への扉が見えたところで、立ち止まったリベリオが言った。

「公平であろうとする姿も、政務をこなす勤勉さも、好ましいと。失礼を申し上げるなら、その目を我が妹にも向けていただきたかった」

「……申し訳ない。俺は自分のことしか考えられない無能だった。流されていると薄々気がついていながら、居心地の良さに甘えて何もしなかった。一時の感情を優先させる者は王になる資格などないと言われて、ようやく夢を見ていたことに気がつくような男だ。あまり持ち上げないでくれ」

アロルドはリベリオに案内を続けるよう促した。

自分が持っている情報は少ない。詐欺事件には一切関与しておらず、証言の大半は証拠として使えないだろう。それでも聞かれるままに全て吐き出して、己の罪と向き合いたかった。

13

夜会のことを追及されるのが嫌で、フランチェスカは屋敷に引きこもっていた。

知り合いからの手紙も数多く届いている。フランチェスカを本気で心配するものから、真相が知りたくて探りを入れてくるものまで様々だ。返事を書くのが面倒で、一度目を通しただけで放置していた。

ただ一つ、カミラからの手紙にだけは返事をしておいた。希望通りに放置しておいてくれたことへの感謝と、ほとぼりが冷めるまで人前には出ないという内容だ。第二王子と知り合いだったのかという質問には、いずれ話すとだけ書いた。

何度目かのため息をついたとき、自室の扉をノックする音がした。

「お嬢様、エルネスト様がお見えになってますが……」

メイドのアンナが来客を知らせてきた。

「エルネスト……エル？」

愛称でしか呼んだことがない幼馴染の名前を思い出す。正式に訪問すると言われていたはずだ。

フランチェスカは扉をそっと開けた。

「やあ。引きこもっていると聞いたけど、思ったより元気そうだな」

「質問攻めにされるのが嫌だったの」

家族ではない男を自室に通すわけにはいかず、サロンに案内することにした。アンナに紅茶の用意を頼み、向かい合わせにソファに座る。

「今日は着崩してないのね」

「ああ、ヴィドー公爵に会ってきたからな」

「お兄様に？　親友じゃなくて、第二王子として？」

「フランと第一王子の婚約は、正式に解消された。他の家が君に見合いを持ちかける前に、先手を打っておこうと思って」

婚約が解消されたばかりなのに、見合いを申し込んでくる家があるのだろうかとフランチェスカは思った。しかも恋愛の揉《も》め事で第一王子は継承順位を大幅に下げている。関わりたくないと敬遠するのが当然ではないのか。

「フラン……君は自分のことになると、少し鈍くなるよな」

本気で呆れているらしい。エルにため息をつかれた。

「不名誉な噂に隠れていたが、才女と名高い公爵令嬢を放置しておくわけがないだろう？　婚約解消の原因は第一王子。君に全く非がないとわかれば、今まで手出しできなかった連中が動くに決まっている」

「でも、お兄様はそんなこと一言も……」

「俺が口止めしていた」

「どうしてエルが」

「……庭を歩かないか？」

エルは答えずにフランチェスカを誘った。立ち上がってこちらへ手を伸ばす。こちらが聞いているのに、選択肢は与えてくれないらしい。

二人で外に出て、両親が遺《のこ》した庭を歩く。無言のまま気まずくなってきたとき、エルが立ち止まった。

「フランは、どんな風に生きたい？　ある意味、自由になっただろ？」

「今は何も。この先も、きっと変わらない」

「この先も？」

「どうせ家同士のことを考えて、別の家に嫁ぐことになるんでしょ？」

「それは……」

エルは口籠もった。

「新しい恋を探せばいいなんて言ってきた人もいるけど、そんなの無駄じゃないの。どうせ別れさせられて、好きでもない人のところに行くんだから」

「誰と結婚しても構わないと？」

「私だけを愛してほしいなんて言わないし、真実の愛に従って勝手に浮気してもいいけど、私が死ぬまで隠し通してくれる人がいい。最低限、妻としてエスコートはしてほしいわね。放置されて目の前で浮気相手と仲良くされたら、流石《さすが》に堪《こた》えるわ」

「それだけ？」

「だって期待してもどうせ裏切られるから」

最初から期待していなければ、傷つかずに済む。自分のことをなんとも思っていない相手に振り回されるのは嫌だった。

「だったら、その相手は俺でもいいよな？」

「え？」

いつになく真剣な様子で振り返ったエルに、フランチェスカは少し心を動かされた。

「回りくどい言い回しは止めた。率直に言う。フランチェスカ、俺と結婚してほしい」

「エ、エル。どうして、私……」

フランチェスカはうつむいた。エルが近づいてきて足元に影がさす。触れようと思えば触れら

れる距離だ。

「ずっと前から好きだった。兄の婚約者だと知っていても、諦められなかった。生まれた順番を恨んだこともあったが、それももう関係ない」

「まさか、今日ここへ来たのは」

「ヴィドー公爵にフランと見合いをする機会を与えてほしいと願いにいっていた」

「み、見合いをする機会？」

てっきり結婚の申し込みだと思っていたフランチェスカは、驚いてエルを見上げた。

「寝込むほど傷ついている人に、今すぐ婚約をしてほしいなんて言える図々《ずうずう》しさは持ち合わせてない。君は兄上のことを慕っていたから」

惚《ほ》れた女性が誰を見ているのか、嫌でもわかる――苦笑するエルの言葉に、あの噴水前の光景を思い出す。もうアロルドのことは気持ちに整理をつけている。だが心の傷が癒えるには、もう少し時間がかかりそうだった。

「お兄様は、なんと？」

「本人の意思を最大限に尊重しろ、だが行き遅れになる前に決着をつけろ、だそうだ。なかなか難しいことを言ってくれる。公爵家の当主として、ある程度のふるい分けはするが、フランを幸せにするなら誰でもいいそうだ」

フランチェスカは子供の頃に婚約者が決まったため、アロルド以外の男性をよく知らない。社交の場で少し会話をしたことがある程度だ。

エルのことは幼馴染として好意を持っているが、異性として好きかと言われると返答に困る。同じ部屋にいても不快ではないことは確かだ。

「私、あなたのことを恋の相手として見たことがないのよ」

「今はそれでもいい。俺はもう遠慮しないからな。堂々とフランが好きだと言えるようになったんだ。フランに選んでもらえるように全力を尽くすよ」

穏やかに微笑むエルの目に、楽しげな光が見えた。いつもサロンでくつろいでいた気まぐれな猫が、実は優秀な狩人《かりうど》だったのだと気づかされる。

お互いの性格ならよく知っている。フランチェスカの好みも何度か教えたことがあった。何でも知っている相手だからこそ、どうすればフランチェスカが喜ぶのかわかっている。

――時間がかかっても、この人は私を捕まえる気だ。

エル――エルネストは第二王子だ。アロルドが継承順位を下げたことで、次の王位に最も近い。権力を行使すれば、ヴィドー公爵といえどもフランチェスカを差し出すことを拒めないだろう。だが、それをせずにフランチェスカから承諾を得ようとしている。

道具だと諦めていた自分に、対等な人間として付き合いたいと言って。

「……私、噂通りの悪女かもしれないわよ」

「そうじゃないことは俺がよく知っている」

「いい噂も嘘かもしれない」

「フランが努力しているところは見ているよ」

フランチェスカが自分のことを酷い女だと言っても、すぐにエルが否定していく。

ずっと誰かに言って欲しかった言葉だ。

嬉しいけれど、面と向かって言われると、恥ずかしさと戸惑いが勝ってしまう。

「後は、そうね……また思いついたら言うわ。あなたが幻滅するようなことをね」

「それは楽しみだな」

余裕たっぷりに笑うエルを見て、フランチェスカは逃げられない予感がしていた。

14

「辛抱強い男だね、君は」

リベリオはサロンで勝手にくつろぐ親友を見下ろした。

野良猫のように出入りするエルは、周囲に第二王子という身分を明かしていなかった。リベリオも父親——先代のヴィドー公爵と、エルの叔父であり王弟であるバルトリーニ大公が知り合いでなければ、正式にお披露目されるまで知らなかっただろう。

「そんなに褒めるなよ」

エルはソファの背もたれに頭を乗せ、背後にいたリベリオを見上げてきた。兄のアロルドとは顔のパーツは似ているが、全体的な雰囲気は似ていない。

思慮深く優雅な宮廷の空気を纏《まと》うアロルドに対し、闊達《かったつ》で騎士と遜色ない風格のエルは、ある意味では対照的だ。

エルは生まれた境遇から、ひねくれた見方をすることが多かった。己のことを王位継承者に何かあった時のための予備と自嘲し、あえて能力を低く見せて派閥争いに巻き込まれないようにしている。

ただ、この屋敷にいる間は違っていた。リベリオが自分と同類だと知るなり、エルは堅苦しい第二王子としての振る舞いを捨てた。彼にとって、ここだけは素直になれる居場所だったのだろう。

親を亡くしたばかりの幼い妹とは、ある日を境に打ち解けた。月日が経つにつれエルがフランチェスカのことを想っていることはわかっていたが、わざわざ口を挟むことはしなかった。実兄の婚約者だからと心を押し殺す親友なら、一生隠し通すだろうと思っていたからだ。

流れが変わったのは、フランチェスカとアロルドの不仲が噂されるようになってからだった。

「あの男爵令嬢は、なかなかの役者だったな。男が守りたくなる女をよく知っている」

「元は商人だよ？　顧客の機嫌を取るのと同じだから、慣れてたんだろうね。でもエミリア嬢は主犯じゃない」

リベリオは薄く笑うエルの向かいに座った。

「よく僕たちよりも短い調査時間で、噂と詐欺の大本がコロイア男爵だとわかったね」

「情報提供者は大勢いる……と言いたいが、フランに来た見合いの話を黙っていてくれた礼に、種明かししてやるよ」

エルは上着のポケットに入れた身分証を見せた。王都を守護する騎士が持つもので、所属する隊の紋の裏には所有者の名前が刻まれていたはずだ。

「お前には話したことがあったよな？　王都の守備隊で責任者をやってるって。貴族やら平民が集まってるところなもんで、幅広く情報を集めるのは苦労しない。活動範囲も王都全域だからな。見えない場所はないんだ」

「それで最近は制服でうろついてたわけか」

王家の方針で王子らは国の業務に何らかの形で関わっている。アロルドは行政に深く関わる職務で、各地へ視察に行くことがあった。エルは反対に騎士団を選び、王都で務めを果たしていた。

彼が兄とは正反対の道を選んだのは、それが政治に深く関わらずに距離をおく方法だったからだろう。今回はその権力を遺憾なく発揮し、集めた情報を提供してくれたらしい。

「いくら伝手と権力があるからといって、短期間で集まるものなの？　守備隊の隊員を拷問して口を割らせたわけじゃないよね？」

「俺をなんだと思ってるんだよ。あいつらは剣で話し合えばわかってくれる。就任した時は苦労したが、今じゃ素直に従ってくれる可愛い部下ばかりだぞ」

「……つまり脳筋しかいないって認識でいい？」

だいぶ濁して言われたが、反抗的な者を片っ端から試合に誘い、勝利して服従させたということだろう。いくら剣を扱うことに慣れているからといって、無茶をしすぎではないだろうか。

監察官としてはコロイア男爵が王家の忠臣かどうか調査できたので、あまり文句は言えない。

「しかし『王子の婚約者を外聞だけで悪役に仕立てる』か。面白いことを思いつく。権力を持たない者なりの戦い方だな」

「エル、笑い事ではないよ。今回は未然に防げたからいいものの、民衆を扇動されたらどうするのさ？」

「噂に踊らされる者は、もとより信じたい話しか聞かない。新たに心地よい話題を提供されたら、簡単に飛びついてしまう。そんな彼らをどうまとめるか……俺への課題だな」

まるで他人事のように言う。リベリオは目を閉じてため息をついた。

疲れてきたリベリオに、エルは追い討ちをかけるようなことを投げてきた。

「さて、ヴィドー公爵。フランチェスカ嬢からは明確に拒否されなかった。次に会う約束も取り付けたぞ」

「……わかったよ、フランに届いている見合いの話は全て断っておく。もっと厳しい条件にしておけば良かったなぁ」

「読み違えたな、リベリオ。ダンスをすれば相手が自分のことをどう思っているのか伝わってくる。嫌われていないなら、後は好感を抱いてもらえるようにするだけだ。俺が手の届かない相手だからといって、フランに対して邪険にするわけがないだろう」

リベリオは逃げ道がない妹に同情した。悪い奴ではない。公私を弁えているし、フランチェスカのことを尊重してくれている。だが今まで抑えていた反動がどうなるのか予測できないところが怖い。

「フランに近づく男は、全て排除されそうだね」

「人聞きの悪いことを言うな」

即座にエルが否定してきた。

「フランの社交を邪魔する気はない。彼女に話しかけただけで睨むほど、俺は狭量じゃないぞ。一線を越えようとする奴には容赦しないがな」

その点を指して排除と言ったのだが、あまり通じていないようだ。

「程々に頼むよ。フランを『国を傾けた悪女』として有名にしないでほしい。大切にすることと甘やかすことは違うよ」

「俺には区別がつかないと言いたいのか」

「恋は人を盲目にするからね。君の兄上のように」

エルは眉間に皺を寄せて黙った。しばらく視線をソファのひじ掛けに向けて静かにしていたが、やがて『心得ておく』と渋々答えた。

「手始めに、フランと婚約を望んでいる家を聞きたいのだが」

「……僕から断っておくから、余計なことはしないでくれ。いいか、偶然を装ってフランに会いにこようとする男を闇討ちしたりしないでね」

「要は俺だとバレなければいいのだろう？」

「君以外、誰がいるんだよ……お披露目でファーストダンスをフランと踊ったあと、誰とも踊らなかったでしょ。あれで第二王子はフランにご執心だと、皆に教えたようなものじゃないか」

「何か問題でも？」

「……フランが君を選ぶとは限らないぞ」

「構わん。気持ちを伝えられないまま他の男に嫁ぐのを見るよりは、盛大にフラれた方が諦めがつく」

この清々しさは嫌いではない。はっきり断られたら身を引くことは、長い付き合いで知っている。親友としては成就してほしいが、リベリオはフランチェスカの気持ちを優先しようと決めていた。

15

エルが帰ったあと、フランチェスカは落ち着かない気分のまま部屋に戻った。一人になって窓の外を見下ろすと、先ほどの会話を思い出して、じわじわと頬に熱が集まってくる。

幼馴染から素直な気持ちを打ち明けられ、さらに結婚を望んでいると聞かされたときは、冗談なのか本当なのか分からず混乱した。

エルはフランチェスカが傷つくようなことは言わない。庭から屋敷へ帰る最中に、いつも以上に気遣ってくれる優しさや、別れ際の名残惜しそうな顔でようやく現実なのだと気がついた。

「全然、知らなかった……」

アロルドと問題なく結婚していれば、きっとフランチェスカは一生、エルが抱えたものを知ることはなかっただろう。完璧に隠れていたものが露わになると、今までのエルの言動も違う意味になってくる。特に夜会での言葉が顕著だ。

正式な場所で踊りたかった――婚約者に捨てられた者への慰めなどではなく、あれこそ本心からくる言葉だと、今では知っている。

嫌ではなかった。

だから迷っている。

ほんの数日前まで、自分はアロルドに恋をしていたはずなのに。もう次の相手を探すのかと。

しかもアロルドとエルは兄弟だ。

噂通りの節操がない悪女だったら、きっとためらいはしない。新しい恋の相手が誰だろうと、感情に従って自由に生きるのだろう。

部屋の中を歩き回り、もう何度目になるのか分からないため息をついていると、扉を叩《たた》く音がした。

「フラン。少しだけいいかな?」

顔を見せたのはリベリオだった。

もやついた気持ちには蓋をして、フランチェスカは出迎えた。

「お兄様」

「エルから聞いたね?」

「……はい」

「そのことで話したいことがある。書斎に来てね」

返事をする前にリベリオは帰っていく。フランチェスカは慌てて背中を追いかけた。

書斎には茶会のような席が設けられていた。本来は来訪者のためにと置かれたソファの前に、可愛らしいパステルカラーのマカロンが並んでいる。リベリオ付きの使用人が紅茶を淹《い》れ、フランチェスカの席に置いた。

「まあ、座って。せっかく兄妹で語り合うのに、何もないのは無粋だと思ってね。客人からもらった菓子もあるし、一席設けてみたんだ」

「綺麗《きれい》なお菓子ですね。お礼を言っていたとお伝えください」

「直接言ってあげるといいよ。エルからもらったんだ」

カップを取ろうとする手が止まった。

「そ……そう、ですか。ええ、会ったときに伝えておきます」

兄への土産《みやげ》にしては可愛らしい選択だと思っていた。流行りの品ではないが、フランチェスカの好みに合っていて、贈ってくれた客に内心で感謝をしていたのに。

渡したのがリベリオでも、フランチェスカに届くことを期待したのかと邪推しそうだ。

「さて、フラン。君はどうしたい？」

「どう、ですか」

「君は早い段階から王家主導で教育されてきた。婚約を解消した理由が理由だから、王家は静観しているけどね。あれだけ手間と時間をかけたんだ。君を王室の一員にすることは諦めてないはずだよ」

フランチェスカに付けられた家庭教師はヴィドー家が雇った者に加えて、王家が厳選して派遣してきた者だった。主に外国語や歴史など外交に必要になってくる知識を教える教師ばかりだ。

「エルは君と婚約したい旨を、まだ両親に伝えていないらしい。むしろ王家に非があるから、と『余計なこと』をしないように抑えている。けれどエルが望むなら、間違いなく王家はフランを逃さないよ」

「そうだったんですか……」

「今はまだ白紙の状態だね。だからフランには選択肢がある。予定通り『王子』のところへ嫁ぐか、それ以外の家を選ぶか、全く違う道へ進むか」

どれを選んでもいいよ、とリベリオは簡単なことのように言う。

「知り合いだからって遠慮することはない。一度くらいは王家の打診を断れる。名誉を傷つけられたから嫌だと言えば、向こうも強く出られないよ。いっそのこと外国へ行くのもいいね」

「お兄様……あの、私……」

「分かってる。急に言われても困るよね。時間は稼いであげるから、よく考えなさい」

「でもお兄様はエルに『行き遅れになる前に決着をつけろ』と仰ったのですよね？」

「機会は与えたけど、優遇はしないよ。エルのことが気に入らないなら逃げればいい。本当に外国へ留学してみる？　フランの成績なら何も問題はないからね」

「私が、ですか？」

「女性のための学校がある国もあるんだよ」

そういえば、とリベリオは思い出したように付け足した。

「もうすぐ外国から賓客を出迎えて晩餐《ばんさん》会が開かれるらしい。我が家も出席することになっている。その国では貴族の女性が働くことは珍しくないから、話を聞くついでに人脈を作っておくといい」

リベリオは他の貴族と比べると変わり者に分類されるのだろう。家同士の繋がりよりもフランチェスカの心を優先した選択肢を挙げてくれる。

「私の気持ちを優先してもいいのでしょうか？」

「国のために一人を犠牲にするやり方は、僕は嫌いだ。それしか道はないと思わせることも含めて、ね」

あまり聞くことがないリベリオの本音だ。

「貴族の派閥問題を解消する方法は、婚姻以外にもあるんだよ。王家は自分たちの懐が痛まない方法を選択しているだけだ。少ない犠牲で最大の利益を得るのが悪いことだとは言わない。ただ、その犠牲が自らの献身ではなく、他人への押し付けなのがいただけない」

淡いピンクの焼き菓子を一つ、リベリオはつまんだ。

「君に来た見合いを保留しているのは、僕のささやかな反抗だね。血の結びつきで強化される関係に、何の意味があるのやら。簡単に切れない分、たちが悪いのに」

両親が亡くなってすぐ、親戚に首を突っ込まれながらも家を守ったのはリベリオだ。今では一部の親戚と疎遠になっているが、そうなるまでに見たくないものをさんざん目にしてきたのだろう。

「外では言えないけど、僕はこんな考え方だから、フランの希望を可能な限り叶《かな》えたい。幸いなことに、無理に婚約しなきゃいけないような事情はない。身分のことは気にしなくてもいいよ。人間が作った制度だ。素行が悪くなければ、抜け道はいくらでもある」

要はフランチェスカがどんな選択をしても、ヴィドー公爵家の地位は揺らがないということらしい。兄の要領の良さと心遣いに感謝すると同時に、別の不安がよぎる。

「私のことはわかりました。ところでお兄様は、ご自身の結婚についてはどうお考えですか？」

まずい質問だったのか、リベリオの表情が固まった。

「まあ、僕のことはいいじゃないか」

「良くありません。お茶会や夜会に出るたびに、一度はお兄様のことを聞かれるのよ？　心に決めた相手がいないなら、会う機会を作ってくれないかと」

「じゃあ仕事が忙しいと言っておいて。それが駄目なら、初恋が忘れられないから結婚したくないとか適当に……」

「お兄様。まさかとは思いますが、私を自由に行動させることで、ご自身の結婚問題から世間の目を誤魔化そうとしてませんか？」

「フランは聡明だね。兄として誇らしいよ」

言い訳しなかったところをみると、フランチェスカの指摘は当たっていたらしい。

「いつかは考えなきゃいけないけど、今じゃなくてもいいだろう？　最近は仕事で表裏がありすぎる女性ばかり見てきたから、疲れたんだよ」

だからしばらく盾になってくれと言って、リベリオはフランチェスカを困らせた。

16

エルの本音を知ってから半月の間、フランチェスカの周辺は少しずつ変わっていった。

まず王城へ出向いて受けていた教育は、リベリオが精神的な休養が必要と主張して、全て中断されることになった。婚約者ではない令嬢を城で教育する理由はない。王家は渋々、リベリオの意見を取り入れた。勉強をする目的をなくしていたフランチェスカにも、これはありがたい申し出だった。

だが教育がなくなったことで自由な時間が増え、やがて暇を持て余すようになってしまった。貴族令嬢としての教育はとっくに終わっているし、本を読んで過ごすのも限界がある。刺繍をしたり、絵を描いたりする気分にもなれず、今さら趣味を探す気力もない。

そんな中で、ふと目についたのは手紙を保管していた箱だ。考えるより先にアロルドから届いた手紙を取り出し、暖炉で全て燃やした。残しておいても、お互いのためにならないだろう。

最後の一枚が燃えるまで眺めていたが、自分でも驚くほど何の感情も湧いてこなかった。あんなに激しく動いた感情は、もう静かに凪《な》いでいる。

不思議なことに、婚約者から他人になったことで、理解できないと思っていたアロルドのことがわかる気がした。フランチェスカは彼に認められたい欲求を一方的に押し付けていたに違いない。アロルドのことを見ているようで、実は全く見ていなかったことに気がついた。だから夜会で心情を吐露されるまで、悩みに気がつくことすらできなかった。

それに好きな人に裏切られた痛みはわかるので、アロルドには心穏やかに過ごせる日が来てほしいと思う。効果はないだろうが、アロルドの行動はフランチェスカにも原因がある旨を手紙にしたためて、主催者だった王妃宛に出しておいた。

フランチェスカとアロルドに必要なのは、傷を見ないように隠して癒えるのを待つ時間だ。もっと時間が経過すれば、普通に接することができる予感がする。

そんな心情の変化があった一方で、フランチェスカには戸惑うこともあった。

エルは婚約が白紙になったことで遠慮はしないと宣言していたのに、彼自身の行動を大きく変えることはなかった。以前に比べるとフランチェスカをからかうことが減り、声音に柔らかいものが増えた。だが愛《いと》しい人に向けるような甘さはなく、親しい友人への接し方に近い。

訪問するときにフランチェスカに贈り物をするようになったのは、大きな変化と言えないこともない。だがそれも花や菓子などの消え物に限られ、フランチェスカの負担にならない品を選んでいる。気に入らなければ捨ててもいいという言葉も添えて。

強引に迫られることがなくて安心している。

けれど以前より少し近くなっただけの距離感に、残念だと思う自分もいる。

特にエルが訪問する日は、朝から気分が落ち着かない。子供の頃から会っている相手なのに、初対面の相手を出迎えるような緊張感があった。

ただ会って話すだけ。意識してしまうのはフランチェスカだけ。贈り物に添えられたカードが捨てられなくて、机の引き出しに隠すように入れたことは、フランチェスカしか知らない。

「それは、あなたに合わせて遠慮なさっているのではなくて？」

昼下がりの庭で、優雅に紅茶のカップを持ち上げたカミラが言った。

そろそろ外へ出てきなさいなと家に招待してくれた親友には、手紙で書けなかった夜会の詳細と、エルのことを話した。全て聞き終えたカミラは、面白そうに目を細めて笑う。

「遠慮なの？」

「家族の知り合いだったなら、あまり深いお付き合いはしていないでしょう？　特にフランは婚約者以外の男性と仲良くなることは避けていたから。失恋したばかりというのも、相手の行動を鈍らせている原因と思うわ」

なるほど、とフランチェスカは思った。カミラの指摘通り、大きく態度が変わっていたなら、きっとエルの変化についていけずに拒否していただろう。

「一途《いちず》そうな男性で良かったじゃないの。あなたは複数の男性とお会いして選ぶような、器用さはないでしょう？　嫌いでないなら決めてしまいなさいよ」

「嫌いではないけど……私、婚約が白紙になったばかりなのよ？　それなのに、もう新しい相手を作るなんて」

「あら。私は健全だと思うわよ。いつまでも終わった恋に涙を流すことなんてないわ。あなたと元婚約者がとっくに冷え切っていたのは周知の事実なんだから」

「そのアロルド様の弟なのよ」

「全く問題ないわね。むしろ慕い続けていたなんて、うまく話を流せば女性の支持を集められるわ」

「私は社交界に美談を提供したいわけじゃないの」

「わかっているわよ。面白半分に噂されたくない気持ちはね」

カミラはテーブルに肘をつき、まっすぐフランチェスカを見た。

「でもね、気持ちを打ち明けてくれる男性を受け入れるか、それとも完全に関係を断つのか、早めに決断しておいたほうがいいと思うのよ。お披露目されたばかりのエルネスト様は婚約者がいらっしゃらないでしょ？　継承順位も変動して、注目を集めているわ。いっそのこと外国から姫を迎え入れようか、なんて案も出ているくらい」

「そう、なの？」

社交界から遠ざかっていた弊害だろうか。エルの婚約が話題になるなんて、十分に想像できたことだ。継承順位一位のエルを、結婚適齢期の令嬢を抱えた家が放置しておくはずがない。フランチェスカが知らないだけで、お披露目された日から競争は始まっている。

胸の内にざらついたものが広がる。

エルの好意に甘えている間に、周囲の状況は容赦なく変化していく。自分の意思に関係なく未来が定まっているなんて、自分が経験していることなのに。

アロルドの時は他の家が入り込む余地がなかった。エルとフランチェスカを繋いでいるのは、昔からの知り合いという点だけ。王家が結婚を決めてしまえば、簡単に断ち切れるほど脆い。

「あなたも身近な男性以外と交流してみてはどう？　交際じゃないわよ。まあ、初対面で気に入った方と、そんな関係になるのもいいと思うけれど。他の男性の意見に触れることで、見えてくるものもあるはずよ」

彼女が言う通り、フランチェスカは同世代の男性とは、あまり積極的に交流してこなかった。男性側もあらぬ疑いをかけられて王家に睨まれることがないよう、慎重に言葉を選んでいたところがある。

「世間を知らないままなのは良くないわね。まずは夜会に出てみるわ」

茶会やサロンは女性の参加が多いので、狙い通りに男性と話せるとは限らない。家にフランチェスカ宛の招待状が届いていた覚えがある。リベリオと相談して決めようかと考えていると、カミラが自身の家で行われる夜会を提案してきた。

「規模はあまり大きくないけれど、幅広い年齢層の方が集まるわよ。それに知り合いの家が主催する会なら、あなたのお兄様も許可しやすいのではなくて？　もしお兄様の都合が合わなくても、私がフランの側《そば》にいるわ」

しつこい男性のあしらい方なら任せてと請け負うカミラを頼もしく感じて、フランチェスカは参加を決意した。

「夜会？　いいと思うよ。カミラ嬢の家なら、特に問題はないからね」

リベリオの帰宅を待ってから夜会のことを相談すると、カミラの予想通り反対されなかった。

「仕事がなければ僕も参加してみたかったんだけど」

コロイア男爵とその関係者の取り調べが難航しているらしい。詐欺と融資の証拠は揃っているが、本人たちが黙秘したままだという。不名誉な噂を流していたことを証言だけで罪に問うのは難しく、フランチェスカを狙ったものと断言するには至らない。

「参考にしたと思われる外国の詐欺事件のことも調べないといけなくてね。当時の事件に詳しい外国人を探している最中なんだ。中途半端に首を突っ込んできたエルにも協力させてるんだけど、あいつも忙しいからね」

継承順位が変わったことで、今までアロルドが担当していた業務を行うことになったそうだ。王都の守備隊のほうは、別の人物が引き継ぐことが決まっている。

「そういった取り調べも監察官の仕事なのでしょうか?」

「いや、司法は司法で担当者がいる。僕らはコロイア男爵が貴族にふさわしくない証拠を見つけたら、然《しか》るべき時に奏上するだけ。国王陛下が貴族を評価なさる判断材料を揃えるのが仕事だよ。行政の不正を見つけて報告するのも、その一つだね。司法と重なる部分があるから、情報を共有するときもある」

焦らず地道にやっていくさとリベリオは言った。

「逃げられないと理解しているから、黙る以外の行動ができない。大丈夫、証拠不十分で釈放されることはないよ。こういう詐欺は、模倣犯が出ないように厳しく罰せられる。この国ではね」

リベリオは、堅い話は終わりだと明るい声を出した。

「楽しんでおいで。カミラ嬢の家に泊まってきてもいいけど、はめは外さないように。傷つくのはフランだからね。そうだ、アンナを付き添い人につけようか。一応、礼儀作法は心得ている」

王族の婚約者だった頃は、その立場が身を守る盾になっていた。必要以上に近づく者はおらず、理不尽な目に遭ったこともない。フランチェスカに敬意を払っていたというよりも、その背後にある王家を恐れてのことだ。

婚約はフランチェスカの未来を狭めていたが、同時に守ってくれていた。

「私は構いませんが、どうしてアンナを？」

「不快な男にも物怖じしない。フランが物陰に連れ込まれそうになったら、遠慮なく殴りつけそうなぐらい肝が据わっているところは評価してる。それに気心知れた者がついてくるほうが、君も楽しめるんじゃないかな？」

アンナはカミラに何度も会ったことがある。友人の家に連れていくのは初めてだが、まったく知らない者よりは安心して紹介できる。

彼女の意見も聞いてみますと言って、フランチェスカはリベリオの部屋を出た。

カミラに夜会への参加を伝える前に、アンナに付き添い人として来てくれないかと頼んでみた。

アンナは悩んだ様子もなく、構いませんよと軽く答える。

「お兄様は男性にも物怖じしないと仰っていたけれど、大丈夫？　カミラのところで開かれる夜会だから、素行が悪い方はいらっしゃらないけれど」

「普通のメイドさんよりは場数は踏んでますよ。ここに来る前は、男性のお客様を多く出迎えるところで働いていました。お酒のせいで気が大きくなって暴れる人を、みんなで外に追い出したりもしましたねー」

アンナの以前の職場について聞いたことはない。いつもヴィドー家に拾われて良かったと言っているので、よほど環境が悪かったのだろう。

「大変だったのね。でも、もし夜会で暴れる人がいたら、アンナと一緒に逃げるわ。カミラの家には警備のために雇われている傭兵《ようへい》がいるのよ。その人たちに任せてしまいましょう」

「分かりました。いざというときは、お嬢様を担いで逃げますね！　私、見かけによらず力はあるんですよ」

「頼りにしてるわ」

カミラ宛の手紙を書き終え、丁寧に封蠟を垂らした。外はとっくに陽が落ちて、暗闇が広がっている。明日の朝になったら手紙を出してほしいとアンナに伝えてから、手入れが行き届いたメイド服を眺めた。

「あなたのドレスを用意しないとね。招待してくれた家をメイド服で訪問するわけにはいかないもの」

「えっ……わ、私は結構ですよ。ドレス、高いし。それに歩きにくそうで」

「私のドレスで良ければ貸すわ。身長も体形も似てるから、きっと着られると思うの」

「無理ですって！　お嬢様用に仕立てた細いドレスなんて入りませんよ⁉」

「確かリボンで調節できるものがあったわ。色もアンナに似合うはず」

クローゼットを開けて目当てのドレスを探している間、アンナの髪型やアクセサリーのことも頭に浮かんでくる。首周りに小粒の宝石を撒くように飾れば、きっと可愛らしい笑顔が引き立つ。

一つにまとめている飴色《あめいろ》の髪だって、艶が出るように丁寧に梳《す》かして編んでみたい。

「聞いてます？　どうしてお嬢様のドレスよりも先に私のを探してるんですか」

「ふふっ。人のドレスを選ぶって楽しいのね。夜会が待ち遠しいわ」

「お嬢様、私の社交界デビューじゃないんですよ。目的が変わってませんか……？」

困惑しているアンナの顔にドレスを近づけて色の相性をみた。デザインが良くても色が気に入らない。似合いそうなものを何着か出すと、今度はアクセサリーとの組み合わせを選ぶ楽しみが出てくる。

「ねえアンナ。あなたはどれが好み？　思い切ってレースか刺繍を足してもいいわね」

「いいわけないですよ。使用人にお金をかけてどうするのですか。付き添い人の格好なんて、地味で恥ずかしくなければ十分です。お嬢様が上品に夜会を楽しめるように監視するお役目なんですよ？」

「明日はアンナの靴を見にいきましょうか。足元は意外と目立つのよ。今のうちに履き慣らしておかないとね」

「どうかその情熱を、明日には忘れてくださいです。さあ、もう終わりにしましょう」

結局、何一つ決まらないまま、ドレスを片付けられてしまった。新たに見つけた楽しみだったのに、アンナは無情にも終わらせてしまう。こうなると彼女は絶対にフランチェスカの意見を聞いてくれない。

もう寝る時間だと寝室へ追いやられ、興奮が醒《さ》めないままベッドに入ることになった。アンナは扉を閉める直前、念を押すように、おやすみなさいと言って使用人の部屋へ下がった。

17

靴を買うために町へ出てきたフランチェスカは、ともすれば逃げようとするアンナを引きずるようにして店に入った。扉についたベルが軽やかな音をたてる。若い店員に出迎えられ、ヴィドー家の名を告げると、奥の個室へ通された。

店にとって粗末にできない客が来店すると、他の客と問題が起きないように別室に通されることは珍しくない。案内してくれた店員は、必要な靴のサイズと大まかなデザインを聞いてから、部屋を出ていった。

「フランチェスカ様……どうしても買わないとダメですか？」

完全に二人きりになると、アンナは物静かなメイドの仮面を捨ててため息をついた。

「だって靴は私のと大きさが合わないでしょう？　アンナのドレスを新調するのは諦めるから。ね？」

「ね、じゃないですよ。私の靴のために、わざわざお嬢様が店に行くなんて……」

貴族は家に商人を呼びつけるのが普通だが、フランチェスカもリベリオも店に出向いて利用することを厭《いと》わない。教育が忙しくなってからは屋敷へ来てもらっていたが、今は自由に使える時間がある。

——それに店で買い物をするほうが、噂の悪女みたいじゃない？

とにかく深窓の令嬢らしくない振る舞いがしたい。エルに悪女らしい行動が楽しみだとからか

われたとき、反抗心が芽生えた。どうせ良い子のフランチェスカにはできないだろうと思ってい

るはずだ。迷惑をかけない範囲で予想外のことをして、エルを驚かせてやりたい。

「アンナ。私ね、久しぶりに自分がやりたいと思ったことをしているの」

「私に靴を買うことが、ですか？」

「そう。姉妹みたいに思ってるアンナと一緒に遊びに行くためにね」

「お嬢様が尊い……じゃなくて、使用人を着飾らせたら、フランチェスカ様の評判に傷がつきま

す」

「私に、これ以上落ちる評判があるの？」

アンナが驚いて固まった。

「好き勝手な憶測で悪女と罵られるぐらいなら、本当のことで悪女と言われたいわ。架空の『私』

なんて、どこにもいないんだから」

最初に応対してくれた店員が、他の店員たちと靴を抱えて戻ってきた。アンナとの会話を終わ

らせて、さっそく並べてもらう。

ヒールは低め。つま先は丸い形で窮屈にならないように。足首に細いバックルを付けて。希望は三つだけだ。走ることも想定して脱げにくいものを選びたかった。

次々と並べられる靴を前に、アンナが不安そうにしている。フランチェスカの評判と値段を気にしているようだ。

「これなんてどう？　ドレスの色と合いそうね。ちょっと履いてみて」

店員はメイドに靴を勧めるフランチェスカに戸惑うことなく、アンナの前に若草色の靴を置いた。もう一人の店員は履き替えやすいように椅子を持ってきて、座るまで待っている。

ついに諦めたアンナは、静かに座って自分の靴紐を解いた。

「どう？」

履き終えて室内を歩いたアンナに尋ねた。

「意外と、歩きやすいです」

「良かった。じゃあ候補に入れましょうか。次はこれね」

待っている間に選んでおいた靴を手に言うと、アンナは不思議そうに首を傾げる。

「……次？」

「持ってきてもらったもの、全部。試してみましょう」

「えっ。でも、さっきはドレスの色に合うって」

「お気に入りの一足が見つかったら、ドレスを選び直せばいいのよ」

「選び直す⁉」

「本当は全身を買い揃えたかったのだけど……」

「それだけは止めてください。靴だけでも高いのに」

「じゃあ諦めて私の我儘《わがまま》を聞いてね」

「お嬢様からの滅多にないワガママが、私の靴でいいんですかね？」

アンナは同意を求めるように店員を振り返ったが、温かい目で微笑まれただけだった。

靴を選んでいる間に、店員にはフランチェスカとアンナの関係を語って味方につけている。この場にアンナに同意する者がいると思ったら大間違いだ。そのことに気がついたアンナは、渡された靴に足を通す。

「お嬢様のワガママは、世間とズレてる気がします」

それは気が付かなかった。悪女になるには、もっと工夫が必要らしい。

「嫌だった？」

「嫌じゃないから困っているのです」

「良かった。じゃあ続けましょう」

「お嬢様とリベリオ様って、やっぱり兄妹なんですね……根回しとか、自分の意見を通すやり方とか、本当にそっくりで怖いです……」

「本当？　嬉しいわ。いつも髪の色ぐらいしか似てると言われないのよ」

フランチェスカは帰ったらリベリオにも今日の出来事を話そうと決めた。兄のように巧みに社交界を生き抜けるなら、どの人生を選んでも生きていけるだろう。そろそろ、リベリオを保護者の立場から解放しないといけない時期だ。

「忙しくなるわね」

押し付けられた義務ではなく、自分から行動した末の忙しさだからか、鬱屈した気持ちはない。むしろ開放的で、自分の世界が広がっていくような感覚だった。

気難しい顔で靴を履き替えているアンナを眺めながら、フランチェスカは別の一足を選び取った。


夜会の当日、すっかり諦めた顔をしたアンナを連れて馬車に乗り込んだ。アンナはしきりにドレスの裾を気にして、手で触っている。いつものメイド服とは質感がまったく違うので、落ち着かないらしい。

「良かったわね、アンナ。みんなが褒めてたわよ」

「珍獣になった気分です」

着替えを手伝ってくれた他のメイドたちは、初めて見るアンナのドレス姿を微笑ましく見ていた。だがフランチェスカと一緒にアンナを変身させて楽しんでいた一方で、付き添い人としての心得を教えることも忘れなかった。馬車で向かいに座っているアンナは、見た目だけは立派な付き添い人に見える。

何度か角を曲がった馬車が、カミラの家の門をくぐった。

カミラの家――ソルディーニ伯爵が開催した夜会は、小規模ながらも幅広い爵位の家が集まるものだった。顔が広い伯爵の人望ゆえか、集まった人々は派閥のことなど関係なく歓談している。

音楽は流れていたものの、ダンスに使用されるような曲ではなく、会話の邪魔にならないよう音量も抑えられていた。軽食と酒を片手に、ただ出会えた偶然を喜ぶような大らかさ。カミラが誘ってくれた理由がよくわかる。サロンに似て、居心地が良さそうだとフランチェスカは感じた。

「ようこそ、フランチェスカ様。会場へご案内します」

出迎えてくれたのは、カミラの弟ネロだった。緊張しているのか、動作がぎこちない。社交界デビューして間もないと言っていたから、単に経験不足なのだろうとフランチェスカは思った。

会場へ着くまで口数は少なかったが、言葉の端々からフランチェスカのことを歓迎してくれていることは伝わってくる。

「姉に知らせてきます」

入り口まで送り届けてくれたネロは、そう言ってカミラを探すために離れた。貴族らしく取り繕った顔よりも、別れ際に見せた素朴な笑顔が似合う少年だ。

「お嬢様に憧れているとは、見所がある少年ですね。釣り合わないとわかって去っていくところも素晴らしい」

なぜかアンナが満足そうに言った。

「まさか。家族の友人だから丁重にもてなしてくれただけよ」

「お嬢様は純粋ですね。下心がなければ、嫡男が使用人みたいなことはしませんよ」

やはり私がしっかりしないと——何かがアンナの心に火をつけたらしい。

ネロが去ってすぐにカミラが招待客の間を縫うように歩いてきた。

「いらっしゃい、フラン。アンナもようこそ」

「誘ってくれてありがとう」

フランチェスカから一歩下がったところで、アンナが黙ってメイドらしい礼をした。

弟がエスコートしてくれたことを感謝すると、カミラは不満そうに会場を見回す。

「せっかくお膳立てしてあげたのに、肝心なところで弱腰になるんだから……」

「何の話？」

「何でもないわ」

　にっこりとカミラは笑って誤魔化してきた。

　会場内を歩いて移動し始めると、目ざとく見つけた招待客に次々と話しかけられた。全体的に男性が多く、婚約が白紙になったのは本当かと遠回しに聞いてくる者もいた。婚約については王家の発表が正しいとだけ言い、自分から真相を明かすことは避ける。

　王家はアロルドについて『側近から長年にわたり騙されていたことによる精神的な負担により、王位継承権の順位を下げる』とだけ公表していた。今後がどうなるかは、まだ決まっていない。フランチェスカが迂闊なことを言うわけにはいかなかった。

　事情を察してくれた者は、それ以上話題に触れることを避け、和やかなまま別れた。だが一人だけ食い下がろうとした男性がいて、カミラにやんわりと遠ざけられていた。

「そろそろ私も招待客に挨拶してくるわ。フランとアンナは楽にしてて」

　カミラは父親のソルディーニ伯爵に倣って、会場を一回りしてくるという。こうして少しずつ異性の人脈を広げていくのだという彼女を見送り、フランチェスカはアンナと空いている席を見つけて座った。

　休憩のために設けられたソファの近くには、飲み物が置かれたテーブルがある。会場までエスコートしてくれたネロが、酒だけではなくアルコールを受け付けない客のためにソフトドリンクも用意していると言っていたはずだ。

「お嬢様、何かお持ちしましょうか？」

気を利かせてくれたアンナに返事をするより早く、淡いピンク色の飲み物が入ったグラスが差し出された。

「よろしければ、こちらを。女性に人気だそうですよ」

先ほど、カミラに遠ざけられていた客だ。とある子爵家の嫡男と紹介されたあと、熱心にフランチェスカに話しかけてきたので苦手に思っていた。女性に拒否されるなど考えたこともないような、自信にあふれた青年だ。

「……ご親切に、ありがとうございます」

無下に断る口実が見つからず、フランチェスカはグラスを受け取った。このタイプは目を合わせたり迂闊に名前を呼ぶと、ますます迫ってくる。適当な口実で離れようと決め、グラスに視線を落とした。

「お嬢様、それはお酒です。今日はもう控えていただかないと、ヴィドー公爵が心配なさいますよ」

フランチェスカの手からグラスが優しく取り上げられた。隣にいたアンナが付き添い人らしい役目を果たしている。きっと先輩のメイドに教えてもらったのだろう。口調も大人びたものに変わっていた。

酒はまだ一口も飲んでいない。会場に入ってから口にした飲食物はいくつかあるが、アンナに止められたのは初めてだ。

視界の端で、グラスを渡してきた青年がわずかに残念そうにするのが見えた。

「……そろそろカミラ様のところへ参りましょう。また後で来てほしいと仰っていたでしょう？あちらもご挨拶が終わったようですので、頃合いかと」

「ええ、そうね。失礼いたしますわ」

「残念ですね。また今度」

最低限の会釈で別れ、青年から逃げるためにカミラを探した。挨拶が終わった親友がフランチェスカに軽く手を振っている。

「すみません、ちょっと強めのお酒だったから口を挟みました」

カミラのところへ行く途中、アンナは申し訳なさそうに言った。

「いいのよ、ありがとう。そういえば礼儀作法の先生が言っていたわ。やたらと飲み物を勧める男性には気をつけなさいって」

人前で酒を飲むつもりはなかったので、アンナが止めてくれて助かった。そう伝えると、アンナは持っていたグラスを近くにいた使用人へ渡して片付けた。

「……お嬢様、全ての人に好印象を与える必要はないのですよ。勘違いした男が、好意があると思って迫ってくるだけです」

「でも無愛想にするわけにはいかないわ。誰と誰が繋がっているのかわからないもの」

大まかに派閥などと言っているが、実際はそう単純なものではない。派閥なんて、契約した関係ではない目に見えない繋がりだ。世襲と新興に分かれやすいというだけで、決して交わらないものではない。

それに、いつ誰に見られても構わない振る舞いは、フランチェスカの盾だ。公平に、揺らぐことのない態度で、自分に取り入ろうとする他人を寄せ付けない。己の行動で親しい人に迷惑をかけたくない、というのもある。

「それにしてもアンナ、付き添い人の経験があるの？　手際が良くて驚いたわ」

「いーえ。付き添い人も夜会も経験ないです。でも下心がある男は見分けがつきますから。そんな人が近づいてきたときだけ、警戒したり威嚇してるだけですよ」

「威嚇……？」

たびたびフランチェスカの死角にいると思っていたが、どんな顔をして立っていたのか。あまり攻撃的になってはいけないと窘めると、可愛らしい声で、はぁいと返事が返ってきた。

合流したカミラは少し疲れているようだ。人目を避けてバルコニーへ行こうと誘われた。

「一人にしてごめんなさいね。急に参加者が増えたから、なかなか終わらなくて。ようやく挨拶が終わったわ」

会場から見えにくい位置を選び、ようやく休憩できたカミラが扇で顔に風を送った。

「お疲れ様。夜会はいつもこんな感じなの？」

「いいえ。今回は特別ね。フランが参加するとわかった途端に、これよ」

「そう……婚約のことはもう放っておいてほしいのに。そんなに私の口から聞きたいのね」

「むしろ、その先が知りたい人ばかりでしょうけど……思考が政治的な駆け引きに偏っているのは、婚約者がいた弊害と思っていいのかしら？」

カミラが話しかけたのはアンナだった。

「はい。私が知る限り、お二人は非常に淡白なお付き合いをされていたようなので」

「私とアロルド様のことが、この夜会と関係あるの？」

「婚約者がいる時と、いない時。周りの反応が違ったでしょ？　どうだった？」

近くをメイドが通りがかったので、カミラは人数分の飲み物を持ってきてほしいと頼んだ。声をかけられたメイドは、すぐにお持ちしますと答えてから下がる。

「どうって、楽しかったわ。休む暇もなく話しかけられるなんて初めて。今まで隣には王族の誰かがいたから、私にだけ話を振るなんて有り得なかったの」

カミラはアンナに無言で問いかけた。

「みなさま、お嬢様に覚えていてもらおうと必死の様子でした。なんせお嬢様の反応が公平で平等でしたので」

「つまりあなたの興味を惹くような人はいなかったのね」

「興味？　お話しした全員が楽しい方だったわよ。それぞれの領地で経営しておられる事業とか、今後の参考になりそうなことばかりだったわ」

どうやらカミラが求める答えではなかったようだ。優しい微笑みで頷かれただけだった。

「そうね、フランが一目惚れで恋に落ちる性格じゃないことを忘れてたわ。でもそれがあなたの良さなのよねぇ」

夜会が終了に近づいてきたので、フランチェスカとアンナは一足早く帰ることにした。馬車を待つ間、カミラの従兄弟《いとこ》が話しかけてくる。

「僕のことは暇潰しと思ってください」

彼は名前だけで家名は名乗らなかった。あくまで退屈させないために来ただけで、下心はないという主張だろう。

カミラが意味ありげに微笑んで離れたということは、この場で二人きりになっても問題ない

——相手に婚約者はいないと言外に伝えている。さらに目に余るような問題も抱えていない。アンナも空気を読んで後ろへ下がっている。

「ずっと話しかけたいと思っていました。婚約されていたというのもありますが、あなたに声をかける勇気が持てなくて」

「私、そんなに怖い顔をしてました？」

社交界に出た頃は、第一王子の婚約者として注目されて緊張していた。噂をされていた時期は、特に笑顔がこわばっていたかもしれない。

「そうじゃないんです。あなたは社交界の中心でしたから」

あれだけ面白おかしく悪い噂を流されたら、嫌でも話題の中心になれるだろう——複雑な気持ちが顔に現れていたらしく、カミラの従兄弟は慌てて否定した。

「あっ……ち、違うんです。変な意味じゃなくて、その、独身の男にとって憧れだったという意味で……変な噂が流れたときだって、信じている者はいませんでした。みな、可憐で美しい公爵令嬢に、どう近づけばいいのかと悩んでいただけなんです」

嘘を言っている様子はない。憧れだったと言われても実感はないが、彼が本心で言ってくれているのは嬉しかった。

「また、お会いできますか」

焦った態度から一転して、青年は真面目な顔で言った。

「それは……」

夜会のついでではなく、二人きりで会いたいということだ。

第一印象で誠実そうな人だと思った。酒を使って騙し討ちしようとせずに、言葉を尽くして誘ってくれている。フランチェスカが言葉を詰まらせたにも関わらず、気分を害したところもない。

真っ直ぐ見つめる目元が優しくなった。

「……良かった。悩む程度には気にかけてもらえたんですね」

即答で断られたら、どうしようかと思いました。そう明るく言う青年に、申し訳ない気持ちになる。

嫌いではない。けれど、そこから先の感情がない。

「今日は大人しく引き下がりましょう。ですが、いつでもお待ちしております」

ヴィドー家の馬車が到着し、青年は会場へと戻っていった。

お嬢様、とアンナに促された。見送ってくれたカミラに今日の礼を言ってから、馬車に乗る。

ゆっくり動き出した馬車の中で、フランチェスカは独り言のように呟《つぶや》いた。

「私……どうして迷ったのかしら」

二人で会っても良かったのではないかと思う。もうフランチェスカに婚約者はいない。けれど何かを裏切ることになりそうで、どうしても返事ができなかった。

「誠実そうな方だったのよ？」

「そうですね。私から見ても問題なさそうでした」

「誘われて嬉しかったけれど、また会いたいと思うより先に、断ることを考えてしまったわ」

正面に座っていたアンナは、すでに未来がわかっているかのように、自信満々に頷いた。

「きっとそれが、フランチェスカ様の答えです」

18

カミラの家で夜会に参加した翌日、エルから手紙が届いた。要約すると王宮の行事で忙しくなる前に会えないかという打診だ。

フランチェスカはエルに『いつでも構わない』と返事を書いた。時間ならフランチェスカのほうが有り余っている。

近々、友好国の一つ――エスパシアからの来賓との宮中晩餐会がある。エルが留学していた国ということで、責任者として各種対応に追われているらしい。来賓の名前は明かされていなかったが、ヴィドー家などの上位貴族が呼ばれたことを考慮すると、王族が含まれているだろう。

その王族が主に交渉するのか、訪問に箔《はく》をつけるために外交団に含まれているのかで緊張具合も変わってくる。

――お兄様は、そんな細かいことは気にしなくてもいいと仰っていたけれど。

政府関係者の一人ぐらいは会話をする機会があるかもしれない。外国語の複習をしておこうかと思い立ち、使えそうな本をいくつか選んだ。

「エルに頼んでみようかな」

留学していたなら、政治的な話題だけでなく向こうの風習にも詳しいはず。いい相談相手になってくれそうだ。

返信を出すと、すぐに日取りについて連絡があった。さらに当日は町を歩きやすい、目立たない服装をしてほしいと添えられている。お忍びの外出でもするつもりだろうか。

もし町へ出るなら、エルと初めて散策することになる。王都を守る守備隊で責任者をしていたそうだから、きっと町のあらゆる場所に詳しいだろう。決められた範囲しか出歩いたことがないので、行ったことがない場所なら嬉しい。

約束の日が近づくにつれ、フランチェスカは落ち着かない自分に気がついた。不安とは違う、待ち遠しい気持ちだ。エルからもらった手紙を読み返してみたり、当日の格好について悩んだりしていると、アンナだけでなく他の使用人からも温かい目で見守られるようになった。

「フランチェスカ様……こんなにわかりやすいのに、どうして……」

「わかっていないのが本人だけとは……」

アンナと先輩のメイドがヒソヒソと話し合っている。声は聞こえるのに、内容までは聞き取れない絶妙な大きさだ。

「あなたたち、意見があるなら言ってね」

「そうですねぇ。明日に備えて早めに就寝されるというのは？」

起きていても悩む時間が増えるだけ、寝不足な顔で会いたくないですよねと言われ、提案を受け入れることにした。

翌日、いつもより早く起きたフランチェスカは、アンナが来る前に着替えて待つ悪戯を思いついた。

目立たないようにと用意した服は、若草色のワンピースだ。制作に時間がかかるレースなどの飾りはない。柔らかい綿の生地は、裾に白い花びらのような模様が入っていた。爵位を持たない人々がよく着ているものに近い。

今日は夜会のように芯が入ったコルセットで締めなくてもいい。一人でも問題なく着替えられる。

ワンピースを着て腰の後ろにあるリボンに苦闘していると、アンナが時間通りに寝室に入ってきた。自分の主《あるじ》が着替えているところを見て、驚いて小さく叫び声を上げる。

「ひゃっ⁉　えっ。なんでもう着替えてるんです⁉」

「おはようアンナ。早く目が覚めて暇だったのよ。ねえ、後ろのリボンを結んでくれない？　上手く結べなくて困っていたの」

「暇って。お嬢様、暇って言いました？　持て余すほど早起きしてたんですか」

アンナは信じられないと言いつつ、解けにくい方法で手早く結んだ。

「きっと早く寝たせいね」

「そこはエルネスト様と会うのが楽しみだったって言いましょうよ」

「服に合わせるなら、今日の化粧は淡い色ね。ねえアンナ、髪型は何がいいと思う？」

「地味な格好をしてくれって言われてるんでしたっけ？　じゃあ髪の飾りはなしで緩い三つ編みとかどうです？　休日のメイドみたいな感じで。あーでもフランチェスカ様は素材がいいから、質素にすると逆に目立つのですよねぇ……」

アンナは喋りながらフランチェスカの髪を梳《くしけず》る。フランチェスカが化粧をしている間に三つ編みが完成し、短いリボンが結ばれた。

約束の時間になり、小さな箱を持ってエルが姿を現した。フランチェスカと同じく目立ちにくい服装を選んでいる。第二王子としてお披露目される前のように着崩しているところが、なぜか懐かしかった。

服装を指定した目的を聞いていないので、いつも通りサロンに通した。エルはソファに座るなり、プレゼントだと言って小さな箱をフランチェスカの前に置く。

「エスパシアの伝統工芸品だ。晩餐会のネタになるかと思って」

中に入っていたのは濃い色の木材を透かし彫りにした髪留めだった。枝に止まった小鳥が細か

いところまで再現されていて、職人の腕の良さがよくわかる。金箔も宝石も使っていない。夜会のような特別な日ではなく、普段の生活で使うほうが向いている。

「わぁ……ありがとう」

家族以外の異性から装飾品をもらうなんて初めてだ。さっそく髪に付けようとしたが、鏡がないのでやりにくい。控えていたアンナに渡して付けてもらった。

「どう？」

「ああ、似合ってる」

短い褒め言葉だったが、詩的な賞賛よりもよほど心に響いた。

エルの耳がほんのり赤い。じわじわと自分の頬にも熱が集まっている。

浮ついて気まずい沈黙を破るように、エルは軽く咳払いをした。

「専属メイド様のご感想は？」

「センスの良さは褒めてやるです」

「それはどうも」

不敬な発言にも関わらず、エルは苦笑するだけだった。身分を明かす前から出入りしているせいか、エルと使用人たちとの間には気安いところがある。エルもそれを気に入っているらしく、今後も態度を改めないでほしいと言っていた。

「王都に工芸品を扱っている店があるの?」

「いや、それは留学中に見つけて……小さいし、土産に丁度いいから、買っておこうかと……」

エルの声が途中から小さくなっていった。途切れがちな言葉は、慎重に言い訳を探しているように聞こえた。

「あっ。向こうの文化を報告するために買ったのね？」

国内に周知されていなかったとはいえ、エルは第二王子だ。留学先で知り得たことを国王に報告する義務がある。言葉だけでは伝えにくいから、持ち帰りやすい品を求めたのだろう。そうフランチェスカは解釈した。

――エルに髪留めは必要ないもの。報告が終わって捨てるわけにもいかないから、私に譲ってくれたのよね？　素直に言っても怒らないのに。

ゴミ箱扱いされたと怒る女性もいるかもしれない。

「そうじゃなくて……もう、それでもいいか」

悩んだ末に、何かを諦められた。どう勘違いしてしまったのか分からずに目線でアンナに助けを求めると、お嬢様はそれでいいですと遠い目で微笑まれる。ますます意味がわからない。

「ところでフラン。俺が幻滅するような言動は思いついたか？」

「え、ええ……まずは行動で示してみようと思うの」

「例えば？」

まだほとんど思いついていない。悪女らしい行動なんて、つい最近になって考え始めたばかりだ。

家や他人に迷惑をかけるものは駄目。あの噂のように、いじめて泣かせるなんて論外。フランチェスカは友人たちが言っていた『罪深いこと』を思い浮かべた。

とにかく礼儀作法の授業で禁止だと教えられたことをやればいい。

「……寝る前にチョコレートを食べる？」

笑われた。

体形を気にする令嬢にとって、就寝前のお菓子は敵だ。あえてその禁を犯すことで良い子の枠から抜け出そうとしたのだが、紳士には通じなかったようだった。

「それは、随分と可愛い悪事だな。他には？」

エルは口元を手で覆って続きを待っている。笑いを堪えていることは明白だ。

「護衛を置き去りにして、馬で遠乗りに出かける」

「乗馬できるのか？」

「……できない。けど、今から覚えるわ」

「新しい趣味ができたな」

本当にやると思っていない態度だ。悔しいので、エルに知られないように練習しようと決めた。

「あとは……食べ歩き」

「食べ歩き？」

「私だと気付かれない格好で、護衛もつけずに出歩いて、買い食いするのよ。淑女には禁止されてるんだから、文句ないでしょ？　これなら家名に泥を塗らずに、私の評判だけが落ちるわね」

エルは答えず、面白そうにフランチェスカを見ているだけだった。

「笑わないでよ。私は真剣なのよ？」

「いや、どれも小さな悪戯だよ。世間一般から見るとね」

「……私、悪女の才能がなかったのね」

噂の中のフランチェスカは豪遊もしていた気がする。しかし公爵家の金はリベリオが管理しているし、勝手に使うなど許されない。自由に使える金をいくらか渡されているが、それはドレスの仕立てなどに使うもので、無駄遣いをする余裕はなかった。どうしても出席しなければいけない時に、公爵家の人間らしい格好をするのは、とにかくお金がかかる。

男に貢がせているとも言われていたが、勉強漬けだったフランチェスカにそんな気前がいい異性の知り合いなどいない。

頭を抱えて落ち込むフランチェスカに、エルはすまなかったと謝罪してきた。

「馬鹿にしたわけじゃないんだ。どんな悪巧みを考えているのかと思ったら、意外と規模が小さかったから、つい」

「真面目でつまらない女だと思ってない？」

「勤勉で素直だと思ってる。無理して変わろうとしなくても、フランは十分魅力的だ」

あまりにさり気なく褒めるものだから、聞き間違いかと思った。告白をしてきてから、ことあるごとに人を褒めてくる。からかうなと言っても、本心から出た言葉だから仕方ないと返されてしまう。

聞くたびに浮ついた心になるから、あまり言わないでほしい。

「そう警戒するなって。笑った詫《わ》びに、買い食いできそうな店を案内するから」

「食べ物のお店だけじゃ物足りないわ」

「お。ようやく我が儘な悪女らしいことを言えたな。むくれるなよ。お嬢様が行かないような市場も連れていってやる」

庶民の生活に欠かせない場所だと聞いて、少し興味が湧いてきた。

「目についたものを片っ端から買うかもしれないわよ？　女性の買い物を甘く見ないことね」

「それは楽しみだ。フランは欲がないってリベリオが嘆いていたからな。本気の物欲を見せてくれ」

爽やかに第二王子の顔で微笑まれたフランチェスカは、早くも負ける気がしていた。

19

町にはアンナとヴィドー家の護衛も同行することになった。エルの立場が変わったことと、婚約していない未婚の男女が二人きりになるのを避けるためだ。会話が聞こえにくいよう離れた位置から見守るなど、配慮はしてくれるらしい。

「ねえ、エルは護衛もなしにここまで来たの？」

王城からヴィドー家までは結構な距離がある。移動手段はどうしているのだろうか。

「護衛なぁ……馬車で大勢に囲まれて移動するのは性に合わないんだよ。単騎で駆ければ時間もかからないし、守備隊の格好してたら、俺だと気付かれにくい」

制服を着慣れているエルだからできる移動方法だろう。城から出てくる時に乗っていた馬は、彼の叔父であるバルトリーニ大公の屋敷で休ませているそうだ。王城に比べれば、ヴィドー家の屋敷は歩いて行ける程度には近い。

「楽かもしれないけれど、もう第二王子だと知られたんだから慣れていかないとね」

「そのうちな」

エルは物憂げに、気乗りがしない返事をした。継承順位が変わって義務が増えたストレスから、一人になりたい時もあるのだろう。本人も立場を理解しているはずなので、フランチェスカは口うるさく言うのは避けた。

目的地の近くまでは馬車を使うことになった。大した距離ではないので徒歩でも良かったが、なぜかエルとアンナに反対された。

「もしフランチェスカ様に不埒《ふらち》なことをしたら、私は遠慮しないです」

「勇ましいことだ。心配しなくても、昔から紳士だっただろ？」

「これからはわかりません。泣かせたら殴ってもいいとリベリオ様が許可してくれました」

「嬉し涙は対象外にしてくれ」

馬車の中でそんな軽口の応酬を始めた二人に、フランチェスカはどうすればいいのか困惑することしかできなかった。

周囲の変化に、フランチェスカだけがついていけずに取り残されている。

馬車から降りたアンナは、名残惜しそうにフランチェスカに言った。

「ではお嬢様、私たちは近くに控えていますから、何かあれば呼んでください。何もなくても呼んでくれたらすぐに行きます」

「用事もないのに呼ぶなんて、迷惑なことはしないわ」

心配しすぎて過保護になりつつあるアンナと別れ、甘い香りが漂う店に入った。何を扱っているのかは商品を見る前にわかった。幸せを凝縮したような香りと味は、一度体験すると忘れられない。

「チョコレートね」

「寝る前に食うんだろ？」

「それはもう忘れて」

思いつきで言ったことを掘り返さないでほしい。

店内には小粒のものだけでなくケーキ全体をチョコで覆ったものや、クッキーの半分に付けて固めたものなど、種類が豊富だった。

客層は若い女性はもとより、高齢の夫婦、どこかの屋敷の使用人までと幅広い。フランチェスカたちと入れ違いで出ていったのは、買い出しのためにやってきたと思われる使用人だ。大切そうに商品が入った箱を持ち、足早に去っていった。

「どれがいい？」

「まるで私のために来たような言い方ね」

「そのために来たんだよ」

並んだ商品を見ながらエルが言う。

「……早くしないと、俺が適当に選ぶ。いいのか？」

「えっ、それは困るわ」

せっかく店に来たのだ。自分で食べるものは自分で選びたい。

どれも美味しそうで迷ったが、店のおすすめだというチョコレートの詰め合わせにしておいた。

財布はアンナが持ったままだと思い出し、店の外にいるはずの姿を探す。その間に代金はエルが払ってしまった。品物も当然のような顔でエルが受け取る。

「時間は有限だからな。次の場所に行くぞ」

上機嫌で店を出るエルに手を引かれて外に出た。外で待っていたアンナに箱を渡し、フランチェスカの購入品だと付け加える。

「後でみんなで分けましょうね」

お金はエルが払ってしまったが、自分一人だけではなく、よく働いてくれる使用人と分けようと思って選んだものだ。

アンナはハッとした顔で箱を両手で抱える。

「たとえ刺客に襲われようとも、中身は死守します」

幸せそうな笑顔と言葉の乖離が激しい。彼女はどんな荒事を想定しているのか、護衛と同じように周囲を油断なく見回している。

態度が急変したメイドを放置して、エルは賑やかな通りへとフランチェスカを連れていく。建物の間を抜けた先は広場になっていて、日除《ひよ》け代わりのテントが並んでいた。

「エル、もしかして、ここが市場？」

物売りの声が飛び、客は興味を惹かれた露店の前で足を止める。明るい日差しの下に並んでいる商品は、食料品だけでなく皿や布などの日用品も多い。生き生きとした表情で買い物を楽しむ姿は、知識として市場を知っていた時には想像もしていなかった光景だ。

「そう。国を支える経済の一つ」

エルはフランチェスカの手をしっかり握った。

「ここで迷子になると、捜すのが大変なんだ。あと、スリもいる。貴重品は持ってないよな？」

「ええ。財布はアンナが持ってるし、エルにもらった髪留めぐらい」

「じゃあ大丈夫だな。あのメイドから財布を盗める奴がいたら見てみたいものだ」

どういう意味かと見上げても答えは返ってこない。エルの口ぶりだとアンナが市場にいても被害には遭わないようだ。そのことがわかれば十分だった。

市場の中は扱う品物によって、大まかに区画が分かれていた。自分には必要ない商品でも、見ているだけで楽しい。山積みになった野菜や果物は崩れないのだろうか。安価な貴金属を扱う店の上にカラスが止まっているが、商品を盗まれないのだろうかと余計な心配をしてしまう。

貴族文化とは全く違う世界にいるにも関わらず、エルは違和感なく溶け込んでいた。店主に声をかけられたら気さくに接し、フランチェスカが興味を持った店には、人混みの中を器用に避けて連れていってくれる。

「慣れてるのね。守備隊にいたから?」

「それもあるが……留学先の影響が大きい」

王族だということは隠して、男爵家の出身と偽って通っていたそうだ。身分が高いと面倒な付き合いが増えるからというだけで、具体的なことは言わなかった。

「寮生活では使用人なんていないから、身の回りのことは一通りできるようになったよ。市場で買い物したり、気が合う仲間と遊びにいったり――」

エルが自分のことを長く話してくれるのは初めてだ。身分に縛られない異国での生活は、苦労を感じさせないほど楽しそうだった。

過去の話が区切りがいいところに差し掛かったあたりで、食べ物を扱う屋台が並んでいる区画に到着した。

「おや、隊長さん。私服とは珍しいね」

「おう、久しぶり」

近くにいた屋台から、店主の男がエルを目ざとく見つけて話しかけてくる。

「最近、めっきり姿を見かけないから、ついに左遷されたのかと思ったよ。生きてたんだなあ」

「勝手に殺すんじゃねえよ。仕事で忙しかっただけだ」

「今日はデートかい？　こんな美人を捕まえて、あんたも隅に置けないね。仕事と言いつつ、口説いてたんじゃないのか？」

フランチェスカのことを言っているのだと理解するまで、時間がかかった。こんなに明け透けに言われたことはない。新鮮で興味深い体験だ。

エルは肯定も否定もせず、王城の高い尖塔を指差した。

「実はもう隊長じゃないんだ。今はあそこで働いてる」

店主は人懐っこい顔に喜色を浮かべる。

「へーえ。そりゃあ出世したなぁ。城ってことは近衛隊か？　なんにせよめでたいことだ」

店主はよく焼けた串焼きを二本、エルに差し出した。

「俺からの再就職祝いだ。持っていけ」

「いいのかよ。ありがとな。これからはあまり食いに来られないけど、店は続けてくれよ」

「おいおい、辛気臭いこと言うなって。また、あの面白い兄さんと一緒に来な」

フランチェスカは知らないエルの姿を興味深く見ていた。言葉遣いが荒っぽいものに変わっている。周囲から聞こえてくる口調とよく似ていた。会話だけ聞くと知らない人なのに、表情はいつものエルだ。

串焼きを持って屋台を離れると、待っていたかのように他の屋台からエルを呼ぶ声がした。そこでも似たようなやり取りの後、売り物を手渡される。お金を払おうとしても断られるばかりだった。

このまま市場を歩いていたらキリがない――屋台の群れから抜け出し、空いているベンチを見つけて座った。アンナと護衛を近くに呼び、もらった食べ物を分ける。受け取ったアンナたちは距離をあけて、美味しそうに食べ始めた。

似たような串焼きを楽しんでいる人は、串から直接食べている。その光景を馬車から何度か目撃したことがあったので、まったく知らない食事作法ではない。

「一緒に屋台へ行く面白い方は、誰？」

「リベリオだよ」

「えっ……お兄様？」

てっきり守備隊の人だと思っていたのに、予想外の名前が出た。

「あいつ、屋台で串焼きとエールを買って、近くのベンチで一杯やるのが好きなんだよ。いかにも貴族っぽい男が庶民に混ざって串焼きを齧《かじ》ってるんだから、目立つよな。今じゃすっかり変人扱いだ」

さらに顔馴染みの飲み友達までいるらしい。

「お兄様……いったい何をしているの……？」

フランチェスカがやりたいと思っていた食べ歩きどころか、外で酒まで飲んでいる。不特定多数に目撃されることを恐れず、何一つ偽ることなどしない。堂々とした振る舞いと行動力に、畏敬の念すら抱いた。

ない知恵を絞ってあれこれ悩むより、兄を手本にすれば最短で悪女に到達できるのではないだろうか。

「頼むからリベリオは手本にするなよ？」

「わ、私、まだ何も言ってないわよ!?」

心を読んだようなエルの言葉に、フランチェスカは激しく動揺した。

「言わなくてもわかる。全部顔に出てるぞ」

半笑いで指摘してくるエルから顔を背け、黙って串焼きを食べた。

20

屋台の食事を楽しんだ後は、また市場の中を通って馬車が待っている場所まで戻ることになった。

約束していた時間が終わる。初めてのことばかりで、振り回されるように見ていただけだった。それだけでも面白くて、何時間でも滞在していたい。

手を引いて案内してくれるエルにとって、ここは見慣れた光景だったのだろう。退屈だったかもしれない。けれどそんな態度は出さずにいてくれた。

宣言通り、エルは無理に距離を詰めようとしない。ほんの少し距離が近くなったと思うが、不快さとは無縁だった。

おそらく、この先も大切にしてくれるだろう。けれど誰かを好きになることが怖かった。また心変わりをしてしまうような誰かが現れて、態度が変わってしまうのではないだろうか。最初は気が付かなくても、少しずつ関係が崩れて、気がついた時には取り返しがつかない状態になってしまうような。

ただの幼馴染のはずだった。エルがいると楽しい。それは間違いない。だからこそ、この関係すら壊れてしまうのが怖い。

最初に入った菓子店が見えてきた。

アンナが先行して、待機している御者に知らせに駆けていった。護衛はフランチェスカたちの後ろについて、いないものとして歩いている。

楽しい時間だった。

――不安だからって、中途半端なのは良くないわね。

考える時間はいくらでもあった。エルの優しさに甘えて、曖昧なまま今の関係を続けたいなど失礼だ。

隣にアンナがいる馬車の中で言うのは気まずい。いくら仲が良い彼女でも、聞かれたくないことはある。屋敷に着いてから少しだけ時間をもらって、そこで伝えようと決めた。

「エルネスト！」

目の前に見慣れない馬車が停まった。扉が内側から開いて、中から同い年ほどの女性が飛び出してくる。エルの名を呼ぶと同時に、弾けるような笑顔で抱きついた。

「久しぶりね！　元気だった？」

「ダニエラ!?　どうしてここに」

エルは驚いていたが、抱きつかれたことはまったく動じていないようだ。肩を押して優しく引き剝がした。つまり二人は接触を許すほど、親密な関係ということだろう。

聞こえてきた言葉はエスパシアのものだった。エルが留学していた時に知り合ったに違いない。チョコレート色の艶やかな髪をした女性だ。猫を思わせる顔立ちに、ふっくらとした赤い唇の横にある黒子《ほくろ》が妖艶さを添えていた。健康的な褐色の肌と体の線を強調するようなドレスは、この国の貴族ではないと明白に語っている。女性らしい魅力を全面に出しつつも決して下品に見えないのは、彼女が持つ潑剌《はつらつ》とした雰囲気のせいだろう。

ダニエラと呼ばれた女性は、深い青の瞳を細めた。

「だって手紙をくれたじゃない。私の国で起きた事件のことを知りたいって」

「話を聞かせろとは言ったが、来いなんて言ってないぞ」

「細かいことはいいじゃない。ちょうど外交団を派遣する話が出てたし、王族の誰かが同行しなきゃいけなかったの。だったら私が適任でしょ？」

それに――ダニエラは幸せそうに微笑んだ。

「結婚する前に、この国を見てみたかったの」

ようやくフランチェスカが彼女の正体に気がついたとき、聞こえてきた言葉に目の前が真っ暗になりそうだった。

結婚。カミラが教えてくれた情報に、外国から姫を迎え入れるという案があった。何もおかしなことはない。友好のために婚姻を結ぶなんて、王族なら当たり前にしていることだ。現在の王妃だって、友好国から輿入れしてきたのだから。

「とにかく、今は取り込み中だ。話なら後で――」

「エルネスト様、大切な方をお待たせするわけにはまいりません。どうかお戻りください」

「フラン……？」

浮かれていた自分が馬鹿みたいだ。自分に選択権があったとしても、叶うかどうかは別の問題だった。

早くしないと手遅れになるというカミラの警告に、手遅れ以前の問題だったわと心の中で返す。

ようやく気がついたダニエラがフランチェスカを見て困惑している。

「ええと……あなたは？」

「初めまして、ダニエラ王女殿下。フランチェスカ・ヴィドーと申します。遠く離れた友好国のエスパシアより御身をお迎えできたこと、光栄に思います」

貴人への礼をすれば、顔は隠せる。つい動揺してしまったが、礼を失する前に心に蓋ができてよかった。

「御前を離れますことをお許しください」

エルが第二王子だったことを改めて思い出した途端、王族の前から立ち去る時に言う言葉が、何の苦労もなく出てきた。

返事を待たずに、フランチェスカは自分の馬車へ向かう。到着したばかりの姫を引き留めるわけにはいかない。

いい夢を見させてもらった。

それで十分だ。

「お嬢様？」

「帰りましょう。今日は楽しかったわ。殿下はダニエラ王女と共に城へ戻ります」

フランチェスカはそうアンナに言って、誰の手も借りずに馬車へ乗りこんだ。


「な、なんだかあのメイドの子が凄《すご》い形相で睨んできたけど……」

去り行く馬車を呆然と見送り、ダニエラが振り返った。

「もしかして、私、邪魔しちゃった？」

「邪魔どころか最悪の展開だよ」

エルは長いため息をついた。いきなり他人行儀になったフランチェスカを見て、心情を推し測れないほど鈍感ではない。今から追いかけても、あのメイドによって面会謝絶になることは明らかだ。

「あのな、前にも言ったよな？　俺の国であんな挨拶したら、誤解されるって」

「そ、そうだっけ？」

ダニエラとは留学先の学校で出会った。フランチェスカが気づいた通り、エスパシアの王女だ。社交的かつ生まれ育った環境が似ていることから気が合い、自然と一緒に行動するようになっていた。

邪推されるような恋愛感情はまったくない。彼女の国では異性間でも距離が近く、体に触れる挨拶が一般的なだけ。エルから見たダニエラは、感情をすぐ表に出す国民性そのままの性格で、文化の違いに戸惑う留学生の世話を焼くようなお人好しだった。

何人もいる友達の一人でしかなく、お互いに別の誰かを慕っている。そんな共通の認識があったから、今も交流していた。

「あっ……そうか、あの子が付けてた髪留め、見覚えがあるわ。すっごい真剣な顔して選んでたから、絶対に恋人へのプレゼントだってカルロと話してて……ちゃんと渡せたのね！」

「もう黙っててくれ。こっちは殴りたいのを我慢してんだよ」

同級生ゆえに、つい口調が気安いものになる。こうしたことがフランチェスカの誤解に繋がっていると気づいて、余計に憂鬱になった。

この国の貴族女性はとにかく慎《つつ》ましいことが美徳とされている。人前で抱きつくのは家族か、両家に認められた恋人や婚約者しかいない。それでも場所を弁えずに接触するのは好ましくない。

そんな価値観で育ったフランチェスカが、親密に見えるエルとダニエラをどう思ったのか——想像するまでもない。

「だ、大丈夫。ちゃんと説明すればわかってくれるって！　ね？　誤解されたのは挨拶のことよね？」

「結婚する前にここに来たって言っただろうが」

「私が結婚するのはカルロよ？　私もあなたも自由に外国へ遊びに行ける立場じゃないでしょ。降嫁前なら王族同士の交流で会えると思ったの」

「俺に、外国から姫を迎える案が出ていたらしい」

王族なら一度は検討されることだ。フランチェスカとアロルドが問題なく婚姻を結んでいれば、エルの相手は外国から選ばれていただろう。

案が初めて出たのは、もう何年も前だった。婚約解消の騒動が起きる直前ごろになると、本格的に議論すべきという声が上がっていたそうだ。幸い、正式に相手国へ打診する前にアロルドのことがあったので、事前の話し合い自体が延期されている。

候補の国がいくつか挙げられた段階だったので、このまま放置していても後腐れなく立ち消えになるだろう。延期が決まったのは最近になってのことだ。まだ知らない者が圧倒的に多い。

「王族の結婚について国民が知るのは、全てが決定した後だ。輿入れ前に挨拶しにきたと思い込んでも不思議じゃない」

「念のために聞いておきたいんだけど、彼女、あなたと正式にお付き合いしているの？」

「そうなりたいと思って、距離を詰めてる最中だった」

ダニエラは自分の失態に気がついたようだ。どうしようと頭を抱えて呻《うめ》いた。

「私、最低だわ。そうよね、恋人にふさわしいか見定めてる最中にあんなこと言ったら……誤解させてごめんなさいって謝りにいくしかないわ。一緒に行く？」

「一緒に行動したら、余計に拗れるだろうが」

「そうよね……でも、とにかく彼女に会わないと。そうでしょ？　小細工なんてせずに、正直に本当のことを伝えるの。滞在中に、なんとかして面会できないかしら」

「その前に俺、あのメイドに殺されるかもしれないな……」

市場にいた時は、最高に楽しい気分だった。喜びが大きかった分、今は泣きそうになるほど落ち込んでいた。

21

机の上に置いた手紙には、フランチェスカの名前が書かれている。送り主の性格そのままに、角張った力強い文字だ。裏の名前を見るまでもなく、エルから送られてきたのだとわかる。

フランチェスカは開けるのを躊躇《ためら》っていた。

もし、あの日の予想を裏付ける内容だったら。

返事を先延ばしにしている間に、届かない夢になってしまったと思い知らされることになる。

ペーパーナイフで封を半分ほど切ったとき、アンナがフランチェスカを呼びにきた。久しぶりに早く帰ってきた兄が、午後のお茶に誘ってくれたそうだ。

「すぐ行くわ」

フランチェスカは中途半端に開封した手紙を引き出しの中に入れた。乱雑に扱ってしまったせいで、一緒に入れたペーパーナイフが重く音をたてた。

兄妹で午後の時間を過ごすのは久しぶりだ。リベリオは先にサロンで待っていて、静かに本を読んでいた。書斎に置いてあるような、重い革の装丁ではない。紙を束ねて糸で綴《と》じただけの本だ。革に比べて早く製本できるので、多く売りたい流行の物語などに使われている。

「お兄様がそのような本を読んでいらっしゃるのは珍しいですね」

フランチェスカが声をかけると、リベリオは微笑んで本を閉じた。

「たまにはね。登場人物の心理状態や作者の思考、信条を推理しつつ読んでみると、なかなか面白い」

「物語の展開に注目しないところが、お兄様らしいですわ」

読み終わった本で真似《まね》をしてみるのも楽しいかもしれない。

フランチェスカが席に着くとすぐ、温かい紅茶が置かれた。砂糖が入った壺《つぼ》とレモンの輪切りはすでにテーブルの上にある。紅茶を淹れたメイドが一礼して壁際に下がっていった。

「フラン、晩餐会の進行は覚えたかな？」

大まかな流れは、どの晩餐会でも変わらない。遅刻せずに城へ向かい、最初の挨拶を終えれば、あとは終了時間になるまで食事と会話を楽しむ。フランチェスカの席は兄の隣で、近くにいるのは親しくしている国内の貴族が多い。あまり緊張せずに過ごせそうだった。

「はい、問題なく」

「あの国は風習が違うから驚かないようにね。外交団には事前に注意事項は伝えたらしいけど、酒が入ってうっかり出ないとは言えない。既婚者ばかりだから大丈夫だと思いたいね」

最初は馴《な》れ馴《な》れしいと思うかもしれないとリベリオが苦笑した。思い出してしまったのは、ダニエラ王女の行動だ。あれは『馴れ馴れしい』の範疇《はんちゅう》なのだろうか。

「あの、お兄様。エルネスト殿下に外国の方と婚約するお話があったというのは本当でしょうか？」

「うん？」

リベリオは不思議そうに首を傾げた。

「……ああ、そんな話もあったっけ。それがどうかした？」

「い、いえ。そのようなことを最近になって聞いたものですから」

「……そう」

やはりただの噂ではなかったようだ。

「今回の訪問は、そのことに絡んでいるのでしょうか」

「どうなんだろうね。僕は貿易のことを主に協議すると聞いている。非公式の話題は詐欺事件の情報提供ぐらいしか思いつかないな」

貴族の情報に詳しい監察官といえど、婚約する相手が外国の姫なら専門外なのかもしれない。

「婚約ねえ……」

リベリオは紅茶のカップを静かに置いた。

「ここで考えても仕方ないよ。とにかく晩餐会の準備を怠らないようにね」

もう考える段階は過ぎている。あとは受け入れるかどうかだけだと、暗に言われている気がした。


フランチェスカが退出したあと、リベリオは近くにいたメイドにアンナを書斎へ寄越すよう申し付けた。

なぜ今更になって、自然消滅したエルの婚約について持ち出してきたのか気になる。知ったところで無駄になるだろうとフランチェスカには言わなかったので、リベリオも先ほどまで忘れていた。

リベリオが書斎へ向かうと、一足早く到着していたアンナが扉の前で待っていた。

「お呼びでしょうか」

「何があった？」

書斎に入るなり、リベリオは率直に尋ねる。

アンナがわずかに顔を顰《しか》めた。

「……先日、お嬢様と殿下が市場を見学されました」

「ああ、それは聞いている。それで？」

リベリオは執務机に片肘をついた。

「そのぅ……私は会話を聞いたわけではないのですが」

アンナの視点から見た原因と思われる出来事は、まさしくリベリオが危惧していたことだった。

文化の違いによる誤解。相手が外国の王女だから、真意を問いただす機会がなかったはずだ。下手《へた》に詰め寄って機嫌を損ねられても困る。

フランチェスカの行動はなんら間違ってはいない。だから誤解を解くことができずに拗れてしまった。

「なるほど、それで……」

かの国の人々は、親しい友人や家族への挨拶にハグをする。さらに異性との距離感が近い。フランチェスカが見れば恋人だと勘違いしても不思議ではない。

「あいつが何も手を打ってこないはずがないんだが」

「エルネスト殿下より手紙は届いていますが、お嬢様が開封された様子はなく」

「フランから見れば、二股をかけられた気分だろうねぇ。そりゃあ言い訳が書かれていそうな手紙なんて読む気にならないか」

「わ、笑い事じゃないです」

アンナは使用人の顔を忘れて怒っていた。

「よりにもよってお嬢様の目の前で他の女と抱き合うなんて」

「それなんだけどね。あれ、外国では挨拶だから」

「抱きつくことが、挨拶ですか？」

信じられないのも無理はない。エスパシアの文化を少しだけ説明すると、アンナは世界は広いんですねぇと呆れたように言った。

「相手が王子じゃなかったら、お嬢様の目の前に引きずり出して懺悔《ざんげ》させたのに」

「本人もフランに直接会って言いたいと思うよ？」

エルのことだから表面上は普通にしていても、心の中では猛省していることだろう。

「じゃあなんで出てこないんですか。今までは呼んでもないのに屋敷へ来ていましたよ」

「外国からお客様が来てるからね。抜け出す暇がないんだよ。向こうのことを理解してるから、緩衝材として立ち回らないといけないの」

リベリオは机の上に視線を落とした。

国内の貴族から届いた手紙が散乱している。内容はほとんどフランチェスカとの出会いを望むものばかりだろう。まだ半分しか目を通していないが、今までろくに交流がなかった家からも茶会に誘われれば、色々と察しはつく。

この全てに何かしらの返事をしないといけない。そろそろ療養を理由に断るのは苦しくなってきた。

親友ばかりを優先するのは信条に合わない。かといって文化の違いで仲違《なかたが》いさせたままなのは、妹が可哀想だ。

「エスパシアか。あちら方面は人脈がなかったなぁ」

「リベリオ様、悪人の顔になってます」

「失礼な。僕は真面目に国際交流について考えていたんだよ」

リベリオは笑いながら答えて、手紙の封を切った。

22

晩餐会の会場で、フランチェスカはすぐにエルを見つけた。席につく前に招待客に囲まれ、王族として対応していた。一度だけ何かを言いたそうにフランチェスカを見たが、席が離れているので彼がこちらへ来ることはなかった。

国王の挨拶とダニエラを始めとした外交団の紹介の後、和やかな雰囲気で晩餐会が始まった。外交に訪れたのは王女を除き男性ばかりだったが、こちらの風習や文化を尊重して行動しているのが端々に現れていた。

フランチェスカの近くに座っていたのは、芸術に造詣が深い初老の男性だった。積極的に若手の芸術家を支援しているらしく、この国の絵画についても興味がある。明日は美術館を案内してもらう予定だと、嬉しそうに語っているのが印象的だった。

何度か話題が変わり、エスパシアのことが質問されるようになった。周囲の興味は両国の違いに集中している。フランチェスカはワイングラスを手に耳を傾けていた。

「特に差を感じたのは異性と会話をする距離でしょうか」

「そんなに違うのですか？」

「ええ。女性に近づきすぎだと王女殿下に怒られました。慣れるまでは宿泊先の部屋から出さないと言われて、必死で頭に叩き込みましたよ。立派な紳士になったでしょう？」

彼はそう茶目っ気のある笑顔で、冗談まじりに言う。王女とは冗談を言える間柄なのだろう。

「今も緊張していますが、晩餐会なら距離が決められているから、無礼者と思われる心配はなさそうです」

晩餐会は友好的なまま終わり、国王の好意で歓談のために別室が開放されることになった。会場の片付けに支障が出ないよう、喋り足りない者は移動しろということだ。

リベリオはこうした時間に興味がない。だから帰るものだとばかり思っていたフランチェスカは、馬車の停留所とは逆方向へ行こうと言うリベリオに驚いた。

「珍しいお客様だからね。たまには顔を出すのも悪くない」

入り口で飲み物を受け取ったリベリオは、招待客に声をかけるわけでもなく、真っ直ぐに歩いていく。後ろをついていくフランチェスカは、目的の人物が誰なのか、だんだんとわかってきた。

チョコレート色の髪をした華やかな女性は、遠くにいても目立つ。ひっきりなしに現れる招待客に、嫌な顔一つせず明るく振る舞っていた。

招待客は現れたリベリオに気がつくと道を開けた。滅多に出てこない公爵の登場に、何かを察したらしい。

「初めまして、ダニエラ王女。ヴィドー家当主のリベリオと申します。唐突に御前に現れたことをお許しください」

優雅で完璧だった。社交界を嫌って逃げ回っているのに、作法は誰よりも洗練されている。

「丁寧な挨拶をありがとう。ヴィドー公爵のことはエルネスト殿下から聞いています」

リベリオはフランチェスカを紹介したあと、思い出したように付け足した。

「妹はエスパシアの言葉も学んでいましたが、なかなか話し相手がおらず難儀しておりました。もしよろしければ王女殿下にご指導を賜りたく……そちらの文化についても、人伝に聞くよりもはるかに多くの実りがあるでしょう」

ダニエラの表情が一段と明るくなった。

「まあ、光栄だわ。同世代の女性と交流したいと思っていたの。そうね、誰にも邪魔されたくないから、あちらの庭園を歩きながら話さない？」

窓から見える庭は、随所に灯りが確保されている。晩餐会で訪れた人を退屈させないために、設けられたものらしい。薄暗いが足元が見えないほどではなく、花を愛《め》でつつ散策できそうだ。

ダニエラは庭へ降りると、周囲を見回した。ベンチには行かず、茂みで周囲から見えない場所へとフランチェスカを誘導する。

「ごめんなさい」

急に謝られたフランチェスカは、何を言えばいいのかと黙ってしまった。

「町でエルネストに会ったとき、よく考えずに行動してたでしょ？　あのせいで、あなたに誤解を与えてしまったから……」

そこでようやくエスパシアの文化について詳しいことも知った。親しい人との挨拶が抱き合うことと聞いて、エルが嫌がらなかった理由が腑《ふ》に落ちた。向こうのやり方を知っているから、当たり前のように受け入れていたのだ。

「親しい人、ですか」

「違うのよ、変な意味じゃないの。私とエルネストは同じ学校に通っていたのよ。そこで知り合ってから遊ぶようになって……ああ、待って。今の説明、ナシ」

余計に誤解されるわ――ダニエラは悩ましげにため息をついた。

「二人きりで会ったことはないのよ？　仲がいい友達の一人って感じで。そうね、あなたたちの考え方なら、同じ趣味で集まった仲間に近いわ」

性別にこだわらない国民性と聞いて、溌剌としたダニエラのような人が大勢いるのだと思うようにした。晩餐会で近くに座っていた男性も、風習の違いに驚いたと言っていた。こうした誤解を見越して、外交団には注意喚起が徹底されたのだろう。

「結婚するとお聞きしましたが」

「私が結婚するのは同級生のカルロよ。彼もエルネストの友達。他にも聞きたいことがあるなら、なんでも聞いて！」

そのために会場を抜け出して誰もいない庭へ出てきたそうだ。

「では結婚前にこの国に来たかったというのは？」

「降嫁先のカルロの家はね、辺境を治める貴族なの。外国と国境を接している者が外国の王族と会うと、色々と都合が悪いのよ」

「謀反の疑い、ですか？」

「そう！　でも今なら王女として訪問できるから、どうしても同行したかったわけ」

エルとダニエラのことが、文化の違いから来る誤解だとわかって安心した。だが自分の早とちりで王女に謝罪させてしまった。あの場でよく話を聞けば気がついたかもしれないのに、自分が傷つきたくなくて、逃げることを選んだ。

「申し訳ございません」

「あなたは悪くないわ」

ダニエラはフランチェスカの手を両手で包んだ。

「知り合いに会えた嬉しさで、この国の文化を忘れてたなんて、王女失格よ。本当にごめんなさい。私のせいで、あなたとエルネストの関係を壊すところだったのよ。謝っても許されることじゃないわ」

そこまで言い終えたダニエラの顔が曇った。

「ねえ、今更なんだけど、エルネストのこと……嫌いじゃないのよね？」

「えっ……」

「もし、家の事情で結婚しなきゃいけない間柄だったとしても、彼は大丈夫よ。まあ……初恋を拗らせてるし、好意を黙ってた年数分の重さはあるけど。でもね、きっとあなたのことを大切に想ってるはずなのよ」

フランチェスカがもらった髪留めは、留学中に買っているところを見たそうだ。誰に贈るのか明かそうとしなかったが、市場で会ったときに謎が解けたと言う。

「あそこまで執着……じゃなくて、一途なのは浮気しないし、結婚しても豹変しないタイプよ。だから心配することはないわ」

そういう男の見分け方があるのよと、ダニエラが不敵に微笑んだ。

「あれに嫌気が差して逃げたくなったら、いつでも私に言って。ヴィドー家の才女と言われたあなたなら、エスパシアですぐに活躍できるから」

ダニエラはフランチェスカの背後を見た。

「遅かったじゃない」

「お前の国の大臣がしつこかったんだよ。リベリオは『庭にいる』としか言わないし」

聞きたかった声。けれど、どんな顔をして振り向けばいいのか。エルのことだから、きっと手紙で事実を教えてくれようとしたのだろう。

彼の誠実さを信じようとせずに、閉じこもっていた自分が恥ずかしい。

「そういうわけだから、あとは頑張って」

ダニエラが帰っていく。

振り返るきっかけを失って、フランチェスカはうつむいた。

「フラン、すまなかった」

先ほどよりも声が近い。

「あの場でしっかり説明しておけば、嫌な思いをさせずにすんだのに」

それは違う。弱いせいで、楽な方へ逃げてしまった。

「……こちらこそ確かめもせずに勘違いして、ごめんなさい。手紙も開けてなかったの」

「フランのせいじゃない」

振り返ると、悲しそうなエルと目が合った。

何度も和解するきっかけをくれたのに、自分一人が我慢すればいいと思いこんで、大切な人を傷つけた。似たような失敗を繰り返して、少しも成長していない。

フランチェスカはエルに歩み寄った。

適切な距離よりも近く、ダンスの時よりは遠い。

これも世間では恋人のように見えるだろうかと、図々しいことを考えながら。

「エル。私ね、あなたが王女と婚約しているのかもしれないって思ったら、すごく嫌だった。結婚に私たちの意思なんて関係ないと頭では理解してるのに、受け入れられなかった。エルからの手紙に、私以外の誰かと婚約することになったって書かれていたらどうしようって」

「……フラン」

察しがいいエルなら、きっと何を言おうとしているのかわかっている。ほんのりエルの頬に赤みが差す。

「そんな状況になって、やっと気がついたの。私、自分でも知らない間にエルのことが好きになってた。もっと早く言えば苦しい思いをすることはなかったのかなって後悔したわ」

顔が熱い。言葉なんて使わなくても、気持ちが伝わればいいのにと思う。

「あなたが好き。ずっと近くにいて助けてくれたから、嫌なことも全部乗り越えられた。私、駄目ね。こんなことになるまで、お礼も言ってなかったの。自分のことしか考えてなくて、エルがどんな気持ちで私の返事を待っているのか、ぜんぜんわかってなかった」

フランチェスカは感情が先走りそうな衝動を抑えた。両手に力が入る。

「私はまだ間に合う？　この先、ずっと隣にいられたら――」

告白が終わる前に、フランチェスカはエルの腕の中にいた。体格差のせいで、のしかかる形に近い。胸を押しても離れない。

好きな相手に抱きつかれた嬉しさと、恥ずかしさ。どちらが上だろうかと、フランチェスカは混乱する頭で考えていた。

「……エル」

抱擁と同じく急に離れたエルは、フランチェスカの両肩を掴んで優しく言った。

「フラン。今すぐ国王陛下に報告しに行こう」

「い、今すぐ？」

顔が近いと言って、押し退《の》けてもいいだろうか。動悸《どうき》が止まらなくて倒れそうだ。

そんなフランチェスカの葛藤などお構いなしに、エルは建物がある方向を振り返った。

「ああ、余計な邪魔が入る前に……いや、リベリオを説得するのが先か。ヴィドー家に拒絶されたら意味がない。証人は、今なら大勢いる」

「みんなの前でお兄様に話をする気なの!?」

「あいつは狡猾だぞ。後で手のひらを返されないように、外堀は埋めておかないと。その場で証書でも交わしておくか。まずフランはリベリオが逃げられないように引き留めておいてくれ。その間に証書の作成に必要な道具と証人を集めてくる」

「お兄様……」

フランチェスカは妹として詐欺師扱いされている兄を擁護したかったが、実際にその通りなので黙るしかなかった。

大切な話し合いは結論が形に残るようにしておきなさい——そう教えてくれた兄のことだ。口約束なんて髪の毛一本分も信じていない。

「リベリオと父上さえ説得できれば障害は……いや、フランの専属メイドにも話をつけておかないと。敷地に入った瞬間に刺されるかもしれない」

「アンナが？」

まさかそんな物騒なことをするだろうか。エルは曖昧に笑って、それ以上は言及しなかった。

「最大の難関だったフランの同意は得られたし、必要な手続きは近日中にすませておく。要望はあるか？」

「エル。私が言っていたことを覚えてる？　浮気してもいいけど、私が死ぬまで隠し通して。最低限でいいから妻として扱ってほしいって」

「忘れてない。浮気をするなどあり得ないが、もし仮に、絶対にないと誓うが、他の女を追いかけたとしよう。その時は遠慮なく殴ってくれ。かなりの確率で錯乱しているはずだ」

「そこまで言い切るの？」

どこまでが冗談なのだろうか。エルを殴るなどできないが、お願いをされてしまったので、準備しておかないといけない。

――これからは乗馬の他に格闘技も覚えるべき？

エルは背が高いから、フランチェスカの手が届きにくい。殴る前に少し屈《かが》んでくれると助かる。

「それに最低限の扱いなんて、俺の方が物足りなくなる。今だって、甘やかしたいのを我慢してるのに」

「甘やかされるような子供じゃないわよ」

「ほら、わかってない」

さりげなく顔を上向かせられる。繊細なガラスのように丁寧に扱われ、体の奥で燻《くすぶ》っていた熱が呼び覚まされた。じっと見つめられると耐えきれそうにない。目を閉じると、小さく笑われた気がした。

フランチェスカの唇に、柔らかいものが触れた。目を開けるとエルはとっくに離れている。

子供だと思われただろうか。

「戻ろうか」

「……はい」

差し出された手をとり、生垣の間を歩く。

見上げたエルの横顔は表情が読みにくい。けれど赤くなった耳が、フランチェスカと同じ気持ちだと伝えていた。

油断すると口元がにやけそうになる。

こんなに幸せでいいのだろうか。

生垣の間から建物の灯りが見えた。もうすぐ建物から自分たちが丸見えになる。エルは子供のように繋いでいた手を離した。

「もしよろしければ、私に貴女をエスコートさせていただけませんか？」

芝居がかった言い回しでも嫌味に聞こえない。いつもの寛《くつろ》いだ姿ばかり見てきたせいか、より強く特別な夜だと感じさせてくれる。

「ええ、いいわよ。私を楽しませてくれるならね」

わざと高慢な態度でエルの腕に手をかけると、どちらともなく笑いがこみ上げてきた。

「似合わないな」

「悪女の道は遠いわね。ただ我が儘に振る舞えばいいなんて、勘違いも甚《はなは》だしかったわ。物語の中の彼女たちは、かなり稀有《けう》な才能の持ち主よ」

「これからも鍛錬を怠らないようにしてくれ」

新鮮で面白い――エルはそう言って、もう一度フランチェスカを抱き寄せて口付けた。

水色の夢

フランチェスカはぼんやりと座ったまま、鏡に映るアンナに話しかけた。

「ねえアンナ。誕生日の贈り物は、どうやって選べばいいのかしら？」

「……え？　相手の好みに合わせて、とか。予算の範囲内とかですかね？」

櫛《くし》を片手に主の髪を整えていたアンナは、困惑した顔のまま固まる。

「ごめんなさい。質問が間違っていたわ。エルに髪留めのお礼を兼ねて、誕生日の贈り物をしようと思ったの。でも悩みすぎてわからなくなってきて……」

「ああ、なるほどです」

言わんとすることを理解して、アンナは髪にリボンを結んで仕上げた。

エルの誕生日は子供の頃から知っていたものの、特別にお祝いをしたことがなかった。兄を間に挟んだ交流だったことも影響している。

いつ家に来るのかわからない幼馴染は、欲しい物を聞いてもペン先や黒いインクといった個性がない消耗品ばかりを要求してきた。

エルは気持ちを打ち明ける前から、フランチェスカのことを第一に考えて行動してくれていた。

おそらく婚約者がいたフランチェスカに余計な噂が立たないよう、誰が買っても不思議ではないものを選択したのだ。男性向けの品を買い求めたら、きっと悪い意味で目立っていたに違いない。

「エルに聞いても消耗品しか言われたことがないの。改めて好みを聞きだすのも良いけど、たまには内緒で準備して驚かせてみたいわ」

「兄王子に遠慮するあまり、恋心を拗らせてた男らしい要求ですね。形が残る物を受け取ってしまったら、お嬢様を諦められなくなるとでも思っていたんでしょうか。鋼の自制心は評価してやろうではないか、です」

アンナは小声で何かを納得していた。

「例えばですけど、リベリオ様への贈り物はどう選んでいるんですか？」

「お兄様はタイピンとかカフスボタンの蒐集家《しゅうしゅうか》よ。毎日、違うものを着けていらっしゃるでしょう？　金額よりも意匠を重視して選べば、まず外れがないわ」

「殿下も身につける物でいいんじゃないですか？　お嬢様からの贈り物だったら何でも喜びそうですけどね」

「何でもは言い過ぎよ。でも身につける物にするのは良さそうね」

好みを調査するなら、本人に聞かずとも周囲への聞き込みで事足りる。フランチェスカは早速リベリオのところへ向かった。

早朝から書斎にいたリベリオは、家令の報告を聞きながら書類に目を通している最中だった。

公爵家当主の業務を片付けていたらしい。

「フラン、いいところに来てくれた」

リベリオは必要な署名を済ませるからと言い、出直してこようとするフランチェスカを引き留めた。

「休憩しようか。僕が呼ぶまで自由にしてて」

署名を終えたばかりの書類を渡し、家令を書斎から下がらせる。ソファに座ったフランチェスカには、婚約に必要な誓約書を見せた。

「晩餐会の後で話し合った通り、エルからの求婚を受ける意思は変わらないよね？」

「……はい。手続きを進めてください」

「これを提出したら、もう後戻りできないからね。僕が合意する証書も作成されちゃったし、あいつが死なない限り白紙にならないよ」

「縁起でもないことを言わないでくださいませ」

二度も王族と何かあったら、フランチェスカは関わると不幸を呼ぶ女として有名になってしまう。もう一生結婚できないだろう。晩餐会の直後にエルに告白したあたりから、ふわふわと浮ついていた気持ちが冷静になっていった。

「じゃあこれは決定ね。王女様一行が帰ったら、ようやく立太子の儀に向けて準備を行うそうだよ。婚約はその前に発表されるだろうね。我が家が全面的に王家を支持している証《あかし》になるから」

立太子の儀は正式な王位継承者であると国内外に知らしめる行事だ。今までは継承の優先順位のみが公表されていただけで、王は明確に後継を指名していなかった。次代の王として相応しいか、子供たちの能力を見極めるためだと聞いたことがある。

「立太子という慶事と合わせて、王宮の人事異動もするらしい。詐欺事件で捕まった官僚もいるからね。穴埋め目的だよ」

少しは風通しが良くなるんじゃないかなと、リベリオは気楽そうに笑った。

立太子の儀を執り行うなら、主役のエルには準備を含めた業務が回ってくる。会える機会が減ることは容易に想像できた。

誕生日の贈り物は直《じか》に会って手渡ししたい。誕生日は二週間後だが、いつ会ってもいいように早めに用意しておこうとフランチェスカは思った。

結婚に関する話がひと段落し、リベリオにエルの好みを尋ねてみた。付き合いが長い兄なら、嗜好《しこう》も知っているはずだ。

「あいつの好みねぇ……」

リベリオは腕を組んで深くソファにもたれかかった。

「欲しい物でもいいのですが。何かありますか？」

「あいつが今、必要なのは……休暇？」

働き詰めだからねとリベリオは苦笑している。

王太子として認められるためには、見える形で実力を示さないといけない。国王から任された仕事の他に、各方面の官僚と良好な関係を築いたり、守備隊にいた時の経験を活かして治安の改善にも乗り出しているそうだ。

「お兄様、それは私が用意できるものの範疇を超えてます」

「いやいや、フランが『エルとデートしたいから休暇をください』って陛下にお願いしたら、あっさりくれるよ」

「もう、冗談は止めてください」

ただの令嬢が国王に要求などできるわけがない。

「あながち冗談でもないんだけどねぇ。まあいいや。深く考えなくても、答えは意外と近くに転がっているよ」

休憩は終わりだと言うリベリオに書斎から出され、フランチェスカは次の相談相手を探すことにした。

ダニエラ王女とは晩餐会をきっかけに仲良くなり、文化交流と称してお茶に誘われるようになった。友人も一緒にどうぞと言われたので、カミラと共に王宮の離れを訪れた。

外国からの賓客のために建てられた離れには、エスパシアの外交団が泊まっている。フランチェスカたちが訪問した時は、王女以外の者は外交会議で出払っていた。

「来てくれて嬉しいわ」

社交的なダニエラは飾らない笑顔で出迎えて、優しくフランチェスカを抱きしめた。

「お招きいただき、ありがとうございます」

カミラを紹介すると、同じようにこの国では珍しい挨拶で歓迎を示してくれた。カミラには事前に教えていたので、ごく自然に受け入れている。

小さな庭で始まった茶会では、ダニエラが母国で流行っているお茶を淹れた。紅茶をミルクで煮出し、数種類の香辛料を混ぜている。香りも味も普段飲んでいるものとは全く違う。香辛料の貿易で栄えているエスパシアらしい飲み物だった。

「会議に参加されなくてもよろしかったのですか？」

「ええ。私の仕事はもう終わったのよ。あとは観光をして帰るだけだわ」

ダニエラは気楽そうに答えた。彼女が担当していたのは、香辛料を主にした交易についてだそうだ。会議はお互いに満足する結果で終わったため、余った時間を楽しんでいるという。

「カミラさんは、どう？　そのお茶、口に合うといいんだけど」

「初めて飲んだ味ですが、とても美味しいですね。ぜひ詳しいレシピを教わりたいですわ」

「もちろんいいわよ。ちゃんと王女直伝だってアピールしてね」

「お任せください。宣伝は得意ですの」

ダニエラとカミラはすぐに打ち解け、和やかな空気が漂っていた。

「これで心配なのは、あなたたちだけね」

含みがある笑みを浮かべ、ダニエラはフランチェスカを見つめた。

「エルネスト殿下がしつこく迫ってるんじゃない？　あれはかなり執念深い……じゃなくて粘着？　ええと――」

ダニエラは悩ましげな表情で言葉を探している。

「そう、想いが成就して浮かれてるから、ちょっと加減を忘れがちになると思うのよ。本気で嫌な時は相談してね」

テーブルの上を滑らせるように、手紙の宛先が書かれた紙を渡された。

「大丈夫よ、いくつか弱みを握っているから。牽制ぐらいはできるわ」

「お、お手柔らかに……？」

留学先で何があったのだろうか。弱みの具体的な内容が気になる。

「あらあら。殿下がフランを気にかけておられるのは知っていたけれど、とても情熱的な方なのねぇ。もうお忍びでどこかへ連れていってもらったの？　それとも公務の合間を縫って密会？」

静かに耳を傾けていたカミラは、優雅に笑ってからかってきた。

外出も密会も、どちらも経験した。エルはただの幼馴染だったときよりも優しくて、甘やかそうとしてくる。無闇に触れようとしないところは変わらないが、言葉遣いや態度に明確に現れていた。特に手紙だと顕著になるようで、急に訪れた恋人らしい扱いに戸惑うことが多い。

手間を惜しまずに行動で伝えてくれる。思い出しただけで頬が熱くなるのを感じた。

「あらあら。殿下があなたを喜ばせるのは簡単みたいね。男性経験のなさが、こんなところで生かされるなんて」

「やだ、初々しくて可愛い。エルネストめ。こんな簡単に籠絡されてくれる子がいるなんて、ちょっと恵まれすぎじゃない？　私の苦労を味わわせてやりたいわ」

ダニエラが結婚相手の辺境伯子息と結ばれるまでには、並々ならぬ努力があったらしい。

「私のことはどうかお構いなく。それよりもお二人に相談したいことが……」

贈り物に悩んでいると打ち明けると、まずダニエラが口を開いた。

「あいつの好みねぇ……留学中は、そのあたりのことを上手く隠してた気がするわ。外国から来た王族って、悪い人に狙われやすいでしょ？　この国の一般的な男性は、どういったものを好むのかしら」

「私の家族の話で良ければ」

今度はカミラが話し始めた。

「お父様にシガレットケースをあげたことがあるわ」

エルはタバコを吸わない。特別に装飾を施した箱なら使い道がありそうだが、最適な贈り物とは言えなかった。

「お気に入りのグラスでワインを飲むこともあるわ」

「お酒は飲むと思うけれど……」

「ええ、そういったものは結婚後にあげたほうが効果的でしょうね。誕生日よりも節目の年に贈るのが相応しいわ」

ダニエラの意見には、カミラも頷いていた。

「弟はチョコレートを一箱もらって喜んでいたわ。けれど子供だから参考にならないわね」

今回は手元に残る物をあげたい。食べ物は真っ先に候補から外している。

「王女殿下は、婚約者にどんなものを贈りましたの？」

「私は馬具を贈ったわ」

フランチェスカが考えている間に、カミラとダニエラの会話が続く。

「そこそこ広い領地だから、一人で馬に乗れたほうが移動が楽なのよ。国境があるから軍事的な意味もあるわ」

「馬具を一式揃えようと思ったら、かなり費用と時間がかかりそうですね」

「ええ。無難なのは刺繡入りの小物じゃない？　ハンカチとか。小さなものなら持っていても邪魔にならないから」

やはりそこに行き着くらしい。エルの普段の格好を思い出していると、守備隊の制服姿が浮かんできた。

「ねえカミラ。守備隊に知り合いはいる？」

「ええ、元守備隊の使用人でよければいるわ」

「子供の頃に聞いたことが本当かどうか、確認したいの」

「いいわよ、代わりに聞いてあげる」

カミラに質問を託したあたりで、近くに控えていたダニエラの侍女が合図をした。茶会の終了時間になったらしい。

離れの外まで見送ってくれたダニエラは、いい気分転換になったわと嬉しそうに微笑んだ。

「思い出したわ。エルネストは水色が好きなのよ」

「水色ですか？」

「ふふっ。きっと故郷を思い出す色だったんでしょうね」

　じっとフランチェスカの目を見つめるダニエラの行動で、自分の瞳の色だと嫌でも察してしまった。

　翌日、カミラから手紙が届いた。彼女は質問の答えだけでなく、一人の女性を紹介してくれた。夫が守備隊で働いている人で、フランチェスカが知りたかったことを全て教えてくれるという。

　さっそく連絡を取り、一緒に材料を買って彼女の家で作業を始める。教え方が上手いおかげか、二日ほど通って完成した。

　出来上がったのは剣につける飾り紐だ。王都の守備隊では、配偶者や恋人が安全祈願のために手作りの飾り紐を贈るらしい。色は水色を主に一筋だけ金色が入っている。

　青と金は王家の紋章にも使われている配色だ。エルが身につける品として違和感はないはずだった。

「あとはいつエルに渡すかが問題ね。予定が合うといいんだけど」

　自室でつぶやくと、隣で飾り紐を眺めていたアンナが不思議そうに首を傾げた。

「お嬢様が呼んだら、いつでも尻尾を振って来ると思いますが」

「それは言い過ぎよ。私にエルの仕事を中断させる権限はないのよ？」

「どうですかね。案外、王家が動くかもしれません」

「アンナまでお兄様と似たようなことを言わないで」

フランチェスカはリベリオに尋ねてみることにした。王宮の事情に精通した兄なら、エルの業務予定ぐらいは掌握しているかもしれない。

仕事から帰ってくるのを待って質問をぶつけると、まずは贈り物が決まったことを労《ねぎら》われた。

「いいものが見つかって良かったね。さっそく、明日問い合わせてみるよ。ついでに君が会いたがっているって伝えておくね」

「いつもありがとうございます」

やはりリベリオは頼りになる。尊敬する兄に感謝していると、ふと笑みに黒いものが混ざった。

「いいんだよ。その代わり、もし王宮で大臣たちの失敗や弱みを見つけたら、こっそり教えてね」

「お兄様……？」

「もちろん嫁いでからの話だよ。フランが協力してくれたら、僕の仕事が楽になるんだ」

「わ、私に見つけられるかはわかりませんが、頑張ります」

尊敬する兄は助けたいけれど、素直に従ってもいいのだろうか。リベリオと敵対していると思われる大臣が哀れに思えてきた。

リベリオはすぐに働きかけてくれたらしく、数日もしないうちに王宮へ招待された。業務予定が過密なせいで、エルは王宮から離れられないそうだ。

案内された応接室で待っていると、少し疲れた様子のエルが入ってきた。

暗い色の服は守備隊の制服とよく似ている。視察から帰ってきたばかりらしく、腰には剣を佩いたままだ。

「大丈夫？　かなり忙しいらしいけど」

「まだ大丈夫だ。たぶん……」

ぐったりとソファに体を預けたエルの前に、使用人がそっと紅茶を置いた。そのまま壁際に下がるどころか、なぜか護衛も含めて部屋から出ていく。扉は開け放たれたままだったが、二人きりになれるよう気を遣ってくれたようだ。

「リベリオが俺の予定を聞いたあとから、なぜか業務の一部が前倒しになった。あいつが絡んでいる気がするんだが……素直に聞いても答えるわけないよな」

ふと、フランチェスカがお願いしたらエルに休暇が与えられるというリベリオの言葉を思い出した。

「お兄様、まさか……？」

若輩者とはいえ公爵家の当主。さらに監察官なら陛下と面会を取り付ける手順も知っているだろう。

そこまで考えて、フランチェスカは否定した。いくら口が上手い兄でも王族を唆して予定を変えさせる力はないはずだ。きっと偶然が重なって、黒幕であるかのように見えただけだろう。

「それで、今日はどうしたんだ？　リベリオは『今後に関わるから絶対に行け』としか言ってくれなかったんだが」

エルは不安そうだった。ろくに用件を伝えてもらえなかったせいで、思考が良くない方向にいってしまったらしい。

「お兄様のせいで、ごめんなさい。そんな大袈裟《おおげさ》な話じゃないのよ。渡したいものがあったの」

「良かった。やっぱり結婚したくないって言われたら、どうしようかと思った」

口ではそう言っているものの、まだ表情は硬い。

フランチェスカは飾り紐を見せた。

「髪留めをくれたお礼と、もうすぐ誕生日だから。これをエルに」

「……俺に？」

「子供の頃に、お父様から守備隊が付けている飾り紐のことを聞いたの。みんな色が違うでしょ？　付けていない人もいるから不思議だったわ」

「ああ、あれか。元は辺境の民間信仰だ」

外国からの攻撃にさらされやすい土地ゆえに、無事を祈る心を形にしたものが生まれたのだろうとエルは言った。

「外敵を退けた功績で、辺境伯が王都を訪れた時に広まったらしい。俺たちが生まれる前の話だよ。守備隊だけじゃなくて、各地の騎士団にも似たようなものが伝わってる。式典の時以外は、みな付けてるよ」

エルは受け取った飾り紐を愛おしそうに眺めていた。

「ありがとう。守備隊にいた時、もらった奴らが羨ましかったんだ」

さっそく紐をつけるエルが楽しそうで、見ているフランチェスカも温かい気持ちになってきた。エルが望んでいた物を用意できて、受け取ってもらえた。会える時間が短くても、幸せの大きさには関係がない。

「これ、手作りだろ？　よく作り方を知ってたな」

立ち上がって出来栄えを見せるエルは、おもちゃを自慢する子供のようだ。王子の務めを果たす時の真剣な表情もいいけれど、今の見慣れた顔のほうが好きだった。心を開いて接してくれていると強く感じる。

「友人の伝手で教えてもらったの。あまり近くで見ないで。粗が目立つから」

「こういうのは作品の味って言うんだよ」

エルは隠そうとしたフランチェスカの手を取った。優しいけれど強引に抱き寄せ、なぜか膝の上に座らせられる。

「……エル。近い」

「慣れてくれ。人前ではしないから」

「そうじゃなくて」

好きだから離れてほしい。赤くなった顔を見られたくなかった。

エルはフランチェスカの髪を一房、すくって弄んでいる。目が合うと、悪戯を思いついた顔で笑う。ろくに喋らなくなったフランチェスカをからかうためか、髪にキスをした。

「フランがいると、堂々と休憩できるからいいな。俺を休ませるために、たまには王宮へ来てくれ」

「私を使いたいなら、ちゃんとした招待状を出して」

「悪役なら、約束もないのに乗り込むのが筋じゃないのか？」

「違うわ。悪女は人を転がして望みを叶えるのよ」

「これは失礼した。勉強不足だったようだ」

いつもの会話をしているうちに、騒がしかった心が落ち着いていく。こんなにも感情を揺さぶってくるのはエルだけだ。

すっと真顔に戻ったエルが頬に触れてきた。

「フラン。愛してる」

背中にはエルの手が添えられている。腕の中に捕まって逃げ場がない。

フランチェスカはエルの肩に額を寄せた。嫌ではないが、羞恥心だけはどうにもならない。顔を伏せて気持ちを示すことしかできなかった。

「フラン」

「いじわる」

聞こえてくるのはエルの楽しげな笑い声だ。優しく髪を撫でて、悪かったと心にもないことを言う。

「面会終了まで、こうするつもり？」

「それもいいな。ようやくフランの傍《そば》にいられるんだ。一秒でも長く幸せに浸っていたい」

髪に触れていた手がフランチェスカの頬から顎に移った。慎重に上を向けさせられて、誘導されたのはエルの顔の近くだ。

緑色の瞳には熱っぽい光が見える。

フランチェスカはすぐに訪れる未来を予感して、目を閉じた。

見せない本音

もし私が鳥だったなら、あなたの籠の中で愛を歌うでしょう——そんな一文から始まる詩が嫌いだった。

外国語学習に最適だからと教師から渡された本の中に、その詩はあった。単語の選び方や韻の踏みかたは詩の規則を忠実に守っており、確かに初心者向けの教材として優れている。古典に限らず恋愛を扱った詩は人気が高く、若者に関心を持たせやすいのだろう。

悲恋、片思い、慕情。

身近な題材だからこそ、感情移入しやすい。そして感情が伴う記憶は定着して、忘れられない。兄の婚約者と知らずに関わって、気持ちを捨てきれない自分の現状を再確認させられているようだった。

「どうしてこう、エスパシアの女性は積極的なんだ。この国に来たのは勉強のためであって、未来の嫁探しのためじゃないんだぞ」

女性からの熱烈な『歓迎』から逃げてきたエルは、何度目になるのかわからない愚痴を吐いた。

幼馴染の少女と自分の兄が婚約していると知った日から、現実から逃げる道を選んだ。側にいれば一方的な気持ちだけが育っていく。だから物理的な距離を置くために海外留学をしたのに、そこでも愛や恋と名前がついたものに囲まれてうんざりしていた。

新たに芽生えたのは、鬱屈した気持ちだけ。解決するどころか悪化する一方だ。

「仕方ないじゃないか。この国では貴族と平民の垣根がかなり低くてね。そんなところに婚約者がいない外国の貴族が飛び込んできたんだ。一時の思い出でも構わない人から妻の座に収まりたい人まで、恰好《かっこう》の獲物が来たと思っているよ」

大通りに面した小洒落《こじゃれ》たカフェテリア。その店舗の奥に身を隠したエルは、正面に座る友人にそう評価された。

「留学して一ヶ月で猛獣の餌になった気分だよ」

身分や性別に頓着しない交流は気楽でいいが、同時に付け入る隙を探られていると思うと、母国にいる時よりも気が抜けない。

国民性が違う人々に囲まれていれば、少しは心の整理がつくだろうかと思っていたのに、結果は散々だ。己の判断の甘さに腹が立つ。

「君は目立つからなぁ」

給仕が運んできたコーヒーにミルクと砂糖を適当に入れて混ぜていると、友人のカルロがのんびりとした声で言った。

「学年上位の成績で見た目もいい王族が、地味な留学生活なんてできるわけないだろ？」

「国の金で留学してるのに、無様な成績なんか残せるかよ。俺の成績が母国の評価になるんだぞ」

「真面目だね。だから余計に目立ってるんだけど」

「俺以外にも真面目に勉強してる学生なんて、いくらでもいるのに？」

違う違う――カルロは苦笑した。

「君、いまだにハグされると、ぎこちない動きしかできないだろう？　文化の違いだから仕方ないんだけどさ、真面目で堅物だって噂だよ。本気の相手には一途なんだろうって彼女たちが推理してるけど、本当？」

「さて、どうなんだろうな」

諦めが悪いことを一途と言うなら、そうなのだろう。

何年も引きずっていたせいで、純粋とは違うものに成り果ててしまったが。

「俺の恋愛観なんて、どうでもいいだろ。男同士でする話じゃない」

「確かに。じゃあ学生らしく、勉強の話でもするかい？　とりあえず課題が行き詰まってしまったから、助けてくれるとありがたい。いや、助けてください」

手提げの鞄《かばん》からノートを出したカルロは、テーブルの空いているところに広げた。留学して早々に知り合った彼は、科目によって成績が大きく違う。経済や算術、男子は必須科目の武術では非常に優れているが、それ以外は平均を下回ることも珍しくない。

成績が悪くても本人に落ち込んでいるところはなく、辺境育ちで重要度が低いから感性が育たなかったと開き直っている。この大らかさが付き合いやすく、一緒に行動するようになった。

「課題？　悩むような課題なんてあったか？」

「詩だよ、詩。失恋がテーマの詩を作ってこいって」

「ああ……あれか」

寮へ持ち帰りたくなくて、授業中にすませておいた課題だろう。鞄の中にノートを入れた途端に、存在ごと忘れていた。

古典文学を担当する教師は、やたらと生徒に詩を作らせることで有名だ。古き良きものに触れて新たな作品を生み出す感性を育むためだという。母国に伝わっていない古典作品が読めると期待していたエルにとって、肩透かしもいいところだった。

君たちも情熱的な恋をしてから書くといい――そんな助言を添えて出されたテーマは、失恋。余計なお世話だ。

「こんなの、適当に単語を切り貼りしとけば、それなりのものが出来上がるぞ。手本なんて詩集を漁《あさ》ればいくらでも載ってる」

「以前にそれをやってバレたんだ」

「ただ繋げればいいってもんじゃない。自分がよく使う言葉に置き換えるんだよ。言葉遣いまでは指定されてないんだから」

「さすが首席は誤魔化しかたが違うなぁ」

「世渡りの方法と言ってくれ」

詩には動植物や小道具を登場させて本音を隠す技法もあるのだが、単語を詩の形にするだけで精一杯のカルロに求めるのは酷だろう。教師も素人の詩を厳格に採点はしないだろうと踏んで、黙っていることにした。

カルロが課題に苦戦する様子を眺めつつ、コーヒーに口をつけた。この国に来てから飲むようになったが、紅茶にはない苦味が面白い。

やがて詩らしきものを完成させたカルロを連れて、店を出た。日差しは夕方に差し掛かろうとしている。滞在している寮の門限にはまだ早く、かといってどこかへ遊びにいくには時間が足りない。外出時間を延長して朝帰りすることも可能だが、そんなことをすれば積極的な女性たちからどんな歓迎を受けるのか――想像しただけで恐ろしい。

「この時間帯なら、夜市が始まる頃だけど、どうする？」

「夜市？」

「夜になるとね、露店が集まってくるんだよ。この国では食事を外で済ませる人が多いって、前に話しただろ？　そのための市場。食べ物だけじゃなくて観光客向けに土産なんかも扱ってるから、話のネタにどう？」

「へぇ。面白そうだな」

「……小銭の使い方は知ってるよな？」

「さっき、お前の目の前でコーヒー代を支払ったはずだが」

「冗談だよ」

貨幣が何であるかは自国にいた時から知っている。特に『両親』は金について人一倍うるさく、護衛付きではあったものの国民の生活に触れる機会を多く設けてくれた。お陰で毎日学ぶことに忙殺されていたが、無知からくる苦労をしたことがない。

のんびり歩いているところにダニエラが合流し、三人で夜市の明かりを目指すことになった。ランタンに照らされた屋台は、南方の文化らしい派手な色彩に溢れている。売られている商品も自分の国では見かけないものばかりで、異国の空気を肌で感じた。

カルロが言っていた通り、食べ物を売る側で工芸品も並べられていた。ダニエラによると、ほとんどが何も知らない観光客向けの値段設定になっているらしい。

「何をいくらで売るかは店主の自由よ。だから、あえて政府が口を挟むことはないわ。でも日用品を扱ってる店は、夜市のほうが安いときもあるの。あの店とかね」

ダニエラにつられて店を見ると、鍋や包丁に紛れるように置かれた木工細工が目についた。木目が美しいものを選んで皿や置物に加工しているようだ。この国の東部では良質な木材が採れるらしく、こうした加工品を至る所で見かける。

「これは?」

値段が適正かどうか尋ねると、ダニエラは大丈夫と答えた。

「妥当ね。買うの?」

「そうだな……」

木工細工の中には髪留めやブローチといった、装飾品もあった。細部まで丁寧に彫り込まれているのに、庶民が気軽に買えるほど安い。この国では鳥を主題にしたものが人気なのか、大抵の細工物に登場していた。

――そういえば鳥の詩もやたらと多かったな。

鳥は、この国では恋愛の象徴。愛を歌い、自由に飛び回り伴侶を求める姿から、一方的に役割を与えられた。詩に鳥籠と一緒に登場すれば、それは『あなたの愛人になりたい』という意味になる。

だから嫌いだった。

叶わないと知っていながら、幸せを掠《かす》め取ろうとする人間の願いが。

道を踏み外した己の未来のようで、薄ら寒い。

あまり良い印象はないが、詩と木工細工への評価は分けて考えるべきだ。

濃い色の木材を選んで透かし彫りにした髪留めは、ランタンの光の下で艶やかな光沢を放っていた。淡い髪の色をした女性が付けたなら、さぞ見栄えがいいに違いない。

留学中に見聞きしたもののうち、自国に有益そうなものは積極的に伝えるよう指示が出ている。夜市の様子を伝える材料として、最適ではないだろうか。

「お。誰かへのプレゼント？」

「……いや、文化交流の一環。留学先の工芸品を伝えるのも、留学生としての仕事だ」

「真面目すぎ」

カルロの笑い声を背中に浴びながら、エルは小鳥の髪留めを手に取った。

目的は外国の技術力を伝えるため。幼馴染の少女に似合いそうな品ではあるが、これを渡す機会は永遠に訪れないだろう。


「――エル、聞いてる？」

心配そうなフランチェスカの声で、エルは意識が覚醒するのを感じた。疲れが溜まっていたのか、夢現《ゆめうつつ》で昔のことを思い出していたようだ。

「……悪い。聞いてなかった」

エルは久しぶりにまとまった時間が取れたため、フランチェスカに会いにきていた。慣れ親しんだヴィドー家のサロンにいて気が緩んだらしい。フランチェスカの落ち着いた声も、眠気を誘う原因になっていた。

「忙しいなら、無理に会いにこなくてもいいのよ」

「俺の避難所を奪わないでくれ。心が死ぬ」

「えっ？　死？」

正式に王太子と認められてから、国政に関わることが増えた。今まで表舞台には顔を出していなかった反動もあり、良くも悪くも人が寄ってくる。信頼できる者もまだ少なく、王宮にいる間は隙を見せないように振る舞っていた。

そんな毎日だからこそ、自分の部屋よりも落ち着ける居場所は貴重だった。

「あまり無理しないでね」

「適度に休んでるから。心配するな」

フランチェスカも中断していた教育を再開し、将来の立場のために社交界に顔を出すようになったと聞いている。忙しさは自分と変わらないと知りつつも、会う時間を設けてくれる優しさに甘えていた。

ふと横を向いたフランチェスカの髪に、あの小鳥の髪留めがついているのが見えた。やはり淡い彼女の髪色によく似合う。

「どうしたの？」

じっと頭を見つめていたエルに、フランチェスカが不安そうに尋ねる。エルは何も答えずに、クッキーをフランチェスカの口に差し入れた。

「な……何すんの」

「給餌」

行儀よく飲み込んでから抗議する彼女に、自然と笑いが込み上げてくる。そろそろ子供の頃のように揶揄《からか》うのは控えるべきだと理解しているのに、可愛い反応が見たくてつい小さな悪戯を仕掛けてしまう。

「鳥の雛《ひな》じゃないんだから、一人で食べられるわ」

「じゃあ餌付け？」

「せめて人間扱いしてくれる？」

仕返しとばかりに、フランチェスカがクッキーを突きつけてきた。こんなことが反撃になると思っているところが面白い。まったく動じず一口かじると、フランチェスカのほうが恥ずかしそうに目をそらした。

「悔しいわ」

「勝ち負けの話じゃないと思うが」

「だって、いつも余裕がなくて狼狽《うろた》えているのは私だけよ」

「余裕ねえ……」

そう見せているだけだ。フランチェスカと婚約するまでは些細《ささい》なことで気持ちの浮き沈みが激しかったし、遠い国の詩に苛立つこともあった。表に出さなかっただけで、随分とフランチェスカへの恋心に振り回されていたように思う。

先ほどもクッキーを突きつけられたとき、本当はどうしようか焦っていたと知ったら、呆れるだろうか。

惚れた相手には無様な姿を見せたくないなんて本音は、自分だけの秘密のままでいい。

あとがき

この本が人生で初の出版になります。初めまして佐倉百《さくらはく》です。

小説家になろうというウェブサイトに本作を投稿したところ、皆様にご好評をいただきランキングを駆け上がりました。気がつけば日間総合ランキング一位となり、現在に至ります。

えっ本当に？　というのが正直な感想です。今でも信じられません。道を歩いていたら黒装束の集団に担がれて富士山へ連行されたのち、山頂で置き去りにされたような気分でした。よくわからないまま、気がつけば山頂で一人ボッチ。ちょっとしたホラーですね。お空キレイだなぁと現実逃避するしかありません。

なんとか正気を取り戻して日常生活を送っていたところ、今度は書籍化しませんかというメールをいただきました。

えっ本当に？　再びです。本当でした。

ウェブ版は短い話だったので、書籍化するにあたり設定を練り直して書き足しました。少し展開が違うところもあり、ウェブ版既読の方にも楽しんでいただける内容になったと思います。

最後に、素敵なイラストを描いてくださった川井《かわい》いろり先生、この物語を本にするために尽力してくださった全ての方、および読者の皆様にお礼を申し上げます。ありがとうございました。

佐倉百

NiμNOVELS

好評発売中

売られた聖女は異郷の王の愛を得る

乙原ゆん

イラスト：ここあ

生涯をかけてあなたを守ると誓おう

とある事件がきっかけで、力が足りないと聖女の任を解かれたセシーリア。

さらには婚約も破棄され、異国フェーグレーンへ行くよう命じられてしまう。

向かった加護もなく荒れた国では王・フェリクスが瘴気に蝕まれ倒れていた。

「聖女でなくても私の能力を求めている人の役に立ちたい」

苦しむ彼を見てセシーリアは願い、
魔力切れを起こすまで浄化の力を使うとなんとか彼を助けることに成功。

「どうかこの国の力になってほしい」

誠実に言葉をかけてくれるフェリクスとの距離は徐々に縮まり、
心を通わせるようになるけれど……！？

Niμ NOVELS

好評発売中

名も無き幽霊令嬢は、今日も壁をすり抜ける
～死んでしまったみたいなので、最後に誰かのお役に立とうと思います～

朝姫 夢

イラスト：冨月一乃

幽霊でも恋の一つくらいするものですわ

ここはどこ？　わたくしはだれ？

気付けば見知らぬ部屋で、記憶も名前もなくして浮いていたわたくし。

どうやら死んで幽霊になってしまったみたいです。

部屋の主である王子・リヒト様は命を狙われているらしいので、幽霊として城中の壁をすり抜け、
お役に立とうと思います！

彼から「トリア」という名前をもらい、協力して黒幕を探していくうちに、「私は幽霊と婚約者になるのもやぶさかではない」なんて言われるほど、距離が縮まってしまって――！？

幽霊令嬢と腹黒王子のドタバタラブコメディ♡

Niμ NOVELS

好評発売中

あなたが今後手にするのは
全て私が屑籠に捨てるものです

音無砂月

イラスト：御子柴リョウ

もう一度やり直そう。今度は間違えないように。

もう二度とあんな人生は御免だ。あんな辛くて、苦しくて、痛いだけの人生なんて——。

スフィアは死に戻りをきっかけに、復讐を決意した。

虐げてきた家族、婚約者……彼らの言いなりにはもうならない。そう決意したスフィアの前に、
前世では関わりのなかった王子・ヴァイスが現れ、協力を申し出てきた。

しかも「君だけを永遠に愛してる」なんて告白と一緒に。

彼が一途に差し出してくる愛はどこまでも甘く重く、蛇のようにスフィアへ絡みついてきて——。

Niμ NOVELS

好評発売中

無能令嬢は契約結婚先で花開く

本人は至って真面目

イラスト：鳥飼やすゆき

僕の相手はミラでなければ、何の意味もない

「君を選んだのは一番都合のいい相手だったからだ」

魔力のない「無能」に生まれたせいで、家族から虐げられていたミラベル。

しかも冷酷非道と噂の男爵・イリアスとの婚約を勝手に決められてしまった。

男爵家でも、きっと家族と同じように冷遇されるだろう……。そう覚悟していたけれど使用人たちはミラベルを好いてくれ、穏やかな日々を過ごすうちに本来の自分を取り戻していく。

ある夜ミラベルの手料理をきっかけに、イリアスからは不器用な愛情を向けられるように。

しかし実は国を揺るがすほどの能力をミラベルが持っていたと判明すると——！？

クールな溺愛男爵と「無能」令嬢の不器用ラブロマンス♡

Niμ NOVELS

好評発売中

空の乙女と光の王子
-呪いをかけられた悪役令嬢は愛を望む-

冬野月子

イラスト:南々瀬なつ　キャラクター原案:絢月マナミ

私って……もしかして、悪役令嬢?

魔法学園の入学式。前世の記憶とともに
自分がヒーローとヒロインの仲を引き裂く悪役令嬢だったことを思い出したミナ。
けれど八年前に侯爵家を抜け、今は平民として生活をしていた。
貴族との関わりもなく、小説とは全く違う世界で
このまま自由な学園生活を送れると思っていたのだが……。
第二王子・アルフォンスと並ぶ魔力量や、特殊な属性のせいで
目立ちたくないのに目立ってしまって——!?
愛されたかった元悪役令嬢の転生×逆転ラブファンタジー!

Niμ NOVELS

ファンレターはこちらの宛先までお送りください。

〒110-0015　東京都台東区東上野2-8-7
笠倉出版社　Niμ編集部

佐倉百 先生／川井いろり 先生

断罪されそうな「悪役令嬢」ですが、幼馴染が全てのフラグをへし折っていきました

2023年5月1日　初版第1刷発行

著 者
佐倉百
©Haku Sakura

発 行 者
笠倉伸夫

発 行 所
株式会社　笠倉出版社
〒110-0015　東京都台東区東上野2-8-7
[営業]TEL　0120-984-164
[編集]TEL　03-4355-1103

印 刷
株式会社　光邦

装 丁
AFTERGLOW

この物語はフィクションであり、実在の人物・事件・団体とは一切関係ありません。
本書の一部、あるいは全部を無断で複製・転載することは法律で禁止されています。
乱丁・落丁本に関しては送料当社負担にてお取り替えいたします。

Niμ公式サイト　https://niu-kasakura.com/

ISBN　978-4-7730-6414-8
Printed in Japan